「母」たちの戦争と平和

戦争を知らない
わたしとあなたに

源 淳子

三一書房

はじめに

二一世紀は、戦争の世紀といわれた二〇世紀を反省して、「人権の時代」であると期待されてきました。しかし世界の現実は、まったく逆方向への動きが強く感じられます。日本では、『日本国憲法』（とくに第九条）の「改正」を目論む政治的な動きがあります。そこには、何よりも戦争ができる国にしたいという意図がみえてきます。そして、そうした政治の方向を先行するかたちで、『教育基本法』が改定されました。そのような動きは、一九九九年に制定された「男女共同参画社会基本法」後に活発化してきた男女平等への動きを推進する方向ではなく、男性中心社会の再生産という歴史に逆行する歩みにもつながっています。そうした動きを総称してバックラッシュ（ジェンダーバッシング）の動きといいます。二〇〇五年に誕生した安倍政権は、「新しい歴史教科書をつくる会」の知識人や宗教関係者などを統合して、あらゆる分野に右傾化を計ってきました。「公共の精神」（改定『教育基本法』「前文」）ということばや「伝統と文化を尊重し、それらをはぐくんできた我が国と郷土を愛する……」（同上第二条二）ということばは、あたかも右派のめざす「国民意識」であるかのように読めます。その後の新しい政権においても、その傾向が変わるとは思えません。沖縄戦における住民の「集団自決」について、歴史教科書から「日本軍の強制によって集団自決に追い込まれた」という文章の削除を求めた文部科学省の教科書検定の問題も、その一環であるといえます。

バックラッシュの動きが激しくなったとき、わたしは戦争を体験し、戦後を生きてきた八〇歳代のわたしの友人のことを思いました。わたしの母と同じ世代の三人で、一九二〇年代生まれの女性です。どの人もバックラッシュの方向とは反対の考えをもち、現代という時代を相対化する視野をもち、自分には何ができるかを考え、実行している人です。また、人間が何をなすかを懐疑できる人たちです。過去の戦争を体験した人には保守的で現状を肯定する人が多いなか、彼女たちは何を機縁としてそうした生き方や考え方に至ったのかを知りたいと思いました。彼女たちは戦争を讃美する翼賛体制の時代に青春時代を過ごしてきました。その彼女たちが、いつ、何が彼女たちの自立した生き方、考え方への「分岐点」になったかを知りたいと思いました。それは、わたし自身の「分岐点」を点検することでもありました。そして、そのことはまた若い世代に自立した生き方を伝えることになるのではないかと考えたのです。

「人権の時代」は、次々と襲ってくるバックラッシュの荒波によって砕けそうですが、だからといって、荒波に立ち向かうことのできる柔軟な堤を築くことを諦めてはならないはずです。また、その堤をさらに柔軟にするための努力も怠ることはできません。その堤によってもたらされるのは、「自然な」男と女の関係をはじめ、社会的弱者の位置に置かれているすべての子ども、高齢者、障がい者、在日外国人、セクシュアル・マイノリティの人などの人権、また、自然との共生、そして「自然な」環境を尊ぶ社会を構築し、文化となる働きを担うのです。そして、そのための知恵や経験を、戦前、戦中、戦後を生きてきた女性たちに聞き取りをしたいと思ったのです。

戦後六〇年を過ぎ、戦争を知らない二世、三世の時代になりました。わたしの世代は戦争を体験した人が生きており、まだ身近なものとして考えることができます。わたしの記憶にも戦争が残っています。島根県奥出雲に生まれたわたしは、保育園か幼稚園のころ、その時間が夕方だったことを強烈に記憶しています。父に最寄りの出雲横田駅に連れて行かれました。多くの人が日の丸の旗を振っており、わたしも振っていたかは記憶にありませんが、旗の数が非常に多かったのです。そして、なぜ駅に多くの人が集まっていたのかははっきりと覚えています。もうすでに戦争が終わって何年も経っていたのに、「兵隊さんが帰ってくる」ということだったのです。事実、駅に降り立った人は復員兵に間違いがなかったのです。旗を振るのと同時に「バンザイ、バンザイ」という声も記憶しています。駅前の広場で、兵隊さんの顔も、挨拶の内容も覚えていませんが、リュックサックを背負った兵隊さんの姿を間違いなく記憶しているのです。

戦争を知らない若い世代に、二〇〇一年に行われた小泉純一郎首相（当時）の靖国神社参拝は、靖国神社の存在を知る機会になりました。しかし、その現実は反面教師とはならなかったのです。あるクラスで、小泉首相の靖国神社参拝をどのように思うのかを書いてもらった結果は、四〇人中ひとりを除いてすべての学生が、「参拝に賛成である」「中国・韓国から参拝するなといわれたくない」と、理由ではなく反発だけを書いていました。自分の考えでないことは明白でした。そうした感想は、マスメディアの影響や改憲をあおる時代の世相を反映していました。そのとき、ただ一人「首相の参拝は間違っている」と書いた学生がいました。彼女は、中国へ留学した経験があり、中国人の学生と戦争や靖国神社問題を話し合い、「日本の歴史を知ったからだ」と答えていました。中国で、日本の歴史をはじめて知った学生の驚きは大きかったと思いますが、彼女は、それから現代日本の問題を自分で考えることができるようになったのです。

聞き取りを思いついたのは二〇〇六年春のことです。その後三人の方へ連絡を取り、わたしの思いを伝えて聞き取りさせてもらう承諾を得ました。しかし、実際に聞き取りをさせてもらったのは、その年の秋となり、聞き取りしたテープを文字化したのは、二〇〇七年の春のことです。そこから文章にしていくことになったのですが、遅々として進まないわたし自身に腹を立てていました。みなさんが高齢なので、なるべく早くかたちにしたいという思いにいらだつ毎日でした。

また、わたしは母が身近にいる戦争体験者であることに気づいていました。断片的にはわたしが生まれる前の彼女の話を聞いたことはありますが、戦争の話をまとまって聞いたことはないのです。島根県奥出雲の浄土真宗の寺院で生活してきた母の支持政党が自民党であることも十分知っていましたが、靖国神社問題にかんしては、「宗教者のなかには、普段は自民党の政策を支持していても、事がこの領域にかかわってくると、支持しえないとの反応を起こす者は多い[1]」と指摘されるままの母でした。自民党支持の母は父の影響下にありました。わたしは、そうした家族のなかで育ち、地域の保守性もなみなみならぬものがありました。〝保守的な体質〟といえる地域に育ったわたしには、政治や社会の動きにいまのように考える要素はまったくありませんでした。そんな地域で生活している母に戦争体験と靖国神社問題の考えを知りたいと思い、聞き取りに応じてもらうことにしました。生家に帰った夏休みを利用しての聞き取りでした。聞き取り時の母の年齢は八七歳です。テープ起こしを始めたのは最後になったのですが、テープから聞こえてくる「ミーン、ミーン」という蝉の声が季節を物語っていました。

二〇〇〇年頃に縁を結ぶことになった奈良女性史研究会の講座の受講生のなかに、わたしの生家と一〇〇メートルも離れていない家の次男と結婚した女性が参加していました。講座が終わって、奥出雲の話で盛り上がりました。次男と結婚したので奥出雲に定住することはなかったのですが、子どもが小学生の頃には毎年のように夏休みに行っていたと話します。そこで見聞するさまざまなことは、大阪出身の彼女には理解できないことが多くあったようです。そのとき、彼女がわたしに発したことばをいまも忘れることができません。「あんな場所に生まれ育って、よくまあフェミニズムの視点をもつようになれましたね」と。ほんとに驚いた様子で語ったのです。それも寺院に生まれたわたしだからよけいそのように思えたのでしょう。そういえば、先日出会いがあった兵庫県播磨町でも、「お寺の娘がどうしてそういう考え方をもつようになったのですかねえ」と、半ばあきれ、不思議そうな顔でいわれました。彼女たちが接する寺院関係者とは大きく異なって見えたようです。

フェミニズムに出会ったことは、わたしの人生の「分岐点」となりました。そして、いつのまにかわたしの友人のなかにも、わたしと考えを同じくする人が増えてきました。それらの友人のなかに、八〇歳を超えた人がいることをいつもうれしいことだと思っていました。職場で知り合い、講座のなかで知り合ったみなさんです。わたしの尊敬する人であり、いまも楽しく交流している女性です。

しかし、本書を考えるまで、わたしはそういう人が戦争体験者であることを考えてもみませんでした。現在の問題、とくに女性問題が共通のテーマでしたので、戦争体験と直接結びつかなかったのです。長い間交流してきて、きちんと彼女たちの生きてきた人生を聞いたことがないことを恥ずかしく思いました。また、もったいないと思いました。それに、尊敬する人の生き方をわたしだけが知るのも当然もったいない話です。わたしよりもずっと若い世代にも知ってもらいたいと強く願うようになりました。多くの戦争体験者が『憲法』「改正」の政治風土にのみ込まれていくなかで、そうではない道を生きている彼女たちの「分岐点」とは何だったのか。わたしにとっての大きな関心になったのです。それを知りたい。その最大の関心事が、今回の聞き取りの第一歩でした。

註

(1) 三土修平『頭を冷やすための靖国論』ちくま新書、二〇〇七年、五六頁

目次

第一章

「母」たちの生まれた時代

「母」たちの経歴とわたしとの関係

わたしは二〇〇六年の秋から三人の聞き取りを始めました。三人の女性の快い返事がとてもうれしく、それぞれのお住まいに伺い、ついつい聞き取り以外の話にも熱中してしまい、脱線することがしばしばでした。

まずは、三人の簡単な経歴とわたしとの関係を述べましょう。ほんとは敬語を使って叙述したいし、しなければならない三人ですが、以後敬語を略させていただくことにします。なお経歴をはじめ、内容については、「草稿」「初校」の段階で目を通してもらって了解を得ました。年号は一九四五年の敗戦以後は西暦で記し、それ以前は元号を付加しました。

紹介は聞き取りした順に始めます。

赤松まさえさん（聞き取り時の年齢は八五歳）は、一九二一（大正一〇）年、京都市東山区生まれです。小学校入学時には伏見区で生活をすることになりました。一九三五（昭和一〇）年、伏見住吉小学校を卒業。その後、京都女子師範附属小学校高等科、同じく女子師範一部へと進み、一九四二（昭和一七）年卒業後、上京国民学校（現在の上京中学校）へ就職、一年後、女子師範専攻科へ入学、専攻科を終えたのは一九四四（昭和一九）年です。その年の四月に京都市下京区にある崇仁《すうじん》国民学校の教師となって勤め始め、敗戦は二四歳のとき、崇仁国民学校で迎えました。その後、一九四七年から住吉小学校、一九五八年から生祥《せいしょう》小学校、一九六四年から一橋《いっきょう》小学校、一九七一年から明親《めいしん》小学校に勤めました。明親小学校では一九七四年から知的障がい者のクラス担任となり、一九八二年退職した後、一年間は明親小学校の嘱託となりました。一九八三年、女子のみの知的障がい者が通うなづな学園に勤めました。その間、伏見に共同作業所を立ち上げることに尽力し、あくる一九八四年五月には、無認可ですが、京都育成会伏見共同作業所が開所され、勤務しました。三年後、所長となり、二〇〇〇年に退職しました。その伏見共同作業所には現在四〇数人が通っています。また、赤松さんは教師であるとともに、児童文学作家として数々の作品を著しています。

わたしが赤松さんと知り合ったのは、一九七三年から四年間、明親小学校の教師として勤めていたときです。担任は異なっていたのですが、放課後に読書会をしたりして深くつき合うことになったのです。赤松さん方に居候をさせてもらった時期もあります。

荒木タミ子さん（聞き取り時の年齢は八五歳）は一九二二（大正一一）年、大阪府岸和田市生まれです。一九三五（昭和一〇）年に中央尋常高等小学校を卒業し、一九四〇（昭和一五）年に岸和田高等女学校を卒業後、キリスト教の洗礼を受けました。同年大阪にあったランバス女学院神学部に入学しましたが、一〇月に父親が亡くなり、家計が断たれることになりました。学校を続けるために援助を申し出てくれる先生がいましたが、あくる年退学し、岸和田市立商業学校に書記として働くことになりました。二三歳の時、敗戦を迎えました。

その後の荒木さんの職歴は、一九九三年に岸和田女性センター参与を辞めるまで実に多岐にわたるのですが、主たる職歴を列挙します。一九四七年から一九五二年まで中学助教諭として勤務。一九五七年から一年間、大阪府婦人相談員。一九六一年から一九六四年まで大阪府立勤労青少年ホーム指導員。一九六四年から一九八九年まで大阪府立勤労婦人ホーム館長。一九八九年から一九九三年まで岸和田市立女性センター参与、そして同時に大阪府中央労働事務所顧問を一九九一年まで勤めました。その上、岸和田市、泉南市、泉大津市、阪南市などにおける女性問題懇話会や高齢者教育推進会議や人権擁護に関する審議会等の座長や委員として活躍しました。その数三〇近いものがあります。

荒木さんとは、一九九九年の大阪府阪南市の講座で知り合いました。最初は受講生として参加されていました。母のような存在の人にわたしの話を聞いてもらうことが不思議なことでした。それを機縁として親しくさせてもらうことになったのです。彼女の家でのパーティーにも何度か招待されましたが、いつも楽しい限りです。荒木さんの人柄を示しています。

川土居久子さん（聞き取り時の年齢は八二歳）も荒木さんと同じように、大阪府泉大津市の講座で知り合いになりました。わたしの話を熱心に聞いてもらっていて、親しくさせていただくことになりました。

川土居さんは、父親が朝鮮の忠清南道庁地方課勤務であったため、一九二五（大正一四）年朝鮮忠清南道公州邑に生まれました。妹と二人の弟がいましたが、弟は二人とも早く病死しました。

一九三一（昭和六）年、公州公立尋常高等小学校に入学、一九三二（昭和七）年、道庁が移転したので、大田府（現在の忠清南道の大田《テジョン》市）へ移住し、大田公立尋常高等小学校二年へ転入し、卒業しました。一九四一（昭和一六）年、大田公立高等女学校を卒業しました。そのいずれもが日本人の子どもが通う学校でした。その後、国民学校訓導の資格を取り、朝鮮人の子どもが通う国民学校に三年間勤めました。敗戦のときは二〇歳でした。

その後、父親の故郷である鳥取県の米子市に帰国し、一九四八年に大阪府泉北郡忠岡町へ移住します。その年から大阪府貝塚市の小学校へ勤め、一九七六年まで勤務して退職しました。

最後にわたしの母の経歴を述べます。名前は三澤法子（聞き取り時の年齢は八七歳）です。一九二〇（大正九）年、島根県横田町（現在の奥出雲町）の浄土真宗本願寺派の寺院に生まれました。聞き取りをしたなかで母だけが生家と現在の住所も姓も同じです。小学校を六年で卒業したあと、今市女学校（現在の出雲市）に入学し、家から通うことが無理なので寄宿舎生活を四年間しました。その後、美術関係の学校へ行きたかったのですが、祖母によって生家に帰らされました。祖母の娘である母を含め叔母たち三人がすべて東京の学校や鳥取の師範学校へ行かせてもらったのを知っているから、自分だけが行かせてもらえなかったことをいまでも残念に思っています。その後、生家にいてもおもしろくなく、母（わたしの祖母）が生活していた「大連」（現在の中国遼寧省の大連市）に行き、そこで一年間ほど生活しました。

祖母の話をすると長くなるのですが、祖母も母と同じ生家で生まれ、兄弟が幼くして亡くなったために、長女である祖母が婿を迎え母を産んだのです。しかし、寺院の坊守《ぼうもり》（住職の妻。現在では性別を廃した名称となっている）におさまりきれない祖母は離婚し、生家を出ています。そして、再婚した相手と大連で暮らしていたのです。また、離婚した祖父も寺院を離れることになり、母は両親に育てられなかったのです。「大連」から帰国して三年間同じ町内の小学校の臨時教員をしました。その後、母の結婚相手として龍谷大学の学生が決められ、婚約をして、休みごとに帰ってくる婚約者を待つ生活が続きます。ところが、その婚約者が琵琶湖の水難事故で亡くなってしまったのです。自坊には寺務をする住職がおらず、母がその資格を取ることになり、京都の本願寺へ行くことになります。そこで得度（僧侶としての資格）修礼を受け、さらに住職になるために教師資格を取得します。当時の田舎では女性住職を門徒の人が認めません。そこで、宝塚にある轟摂寺《ごうしょうじ》という寺院に入り、僧侶として修行することになりました。しかし、戦争の悪化に伴い、自坊に一度帰りましたが、出雲市で挺身隊の指導員をするため、また自坊を出ました。寄宿舎の舎監のような仕事です。二五歳の時、敗戦を迎え、戦後はずっと坊守として生活してきました。

以上が三人と母の経歴です。また、この経歴を読まれて気づかれたことと思いますが、だれの人生のなかでも大事なことがもうひとつあります。家庭生活です。だれと結婚し、子どもをいつ産んだとか、夫婦関係、親子関係はどんな関係だったのか、わたしにとってもおおいに興味あることです。聞き取りのなかではその関連の話もたくさん聞きました。それぞれがほんとに興味ある内容で、活字にしたい衝動に駆られます。またフェミニズムのテーマからも外せません。しかし、今回はあえて触れませんでした。それは、本書の趣旨をより明確にしたいという思いからでもあります。ただし四人とも結婚をし、荒木さんには子どもがいませんが、他の人は子どもがいます。そして、現在はどの人も夫を亡くしています。

四人ともが一九二〇年代生まれです。当時がどんな時代だったかを少しふり返りたいと思います。

――一九二〇年代という時代

わたしが聞き取りした人たちは、どういう時代に生まれたのでしょうか。一九二〇年代に至る時代およびその時代を略年表に表してみると次のようになります（各項目の説明文は、主に総合女性史研究会編『史料にみる日本女性のあゆみ』、『広辞苑』及び日中韓三国共通歴史教材委員会編著『未来をひらく歴史』等を一部引用及び参考にして作成)。

一九一〇(明治四三)
大逆事件――明治天皇暗殺未遂の容疑で二六名を大逆罪として起訴、二四人に死刑宣告。翌年一月幸徳秋水・管野スガ・宮下太吉ら一二人が処刑された。管野スガは「野に落ちし　種子の行方を問いますな　東風吹く春の　日を待ちたまえ」と辞世の句を詠んだ。
韓国併合――朝鮮支配を企図した日本が、一九〇五年日露戦争後に外交権を奪った末、一〇年八月に総督府を設置して韓国を植民地とした。

一九一一(明治四四)
『青鞜』発刊――平塚らいてうを中心に集まった女性だけの文学結社の機関誌。評論・文芸作品を発表。日本最初のフェミニズム。女性の社会的、政治的、法律的な立場を主張し、男性支配の文明や社会からの解放を求めた。

一九一二（明治四五）
明治天皇死去。
一九一四（大正三）
第一次世界大戦始まる。
一九一六（大正五）
『婦人公論』発刊。
一九一七（大正六）
『主婦之友』発刊。
ロシア二月革命——ロシアの労働者・兵士らが専制政治を打倒した革命。これによりロマノフ王朝が倒れた。
一九一八（大正七）
母性保護論争——平塚らいてう、与謝野晶子、山川菊栄等が『婦人公論』上で「母性保護」をめぐって繰り広げた近代日本の女性史における代表的な論争。
一九一九（大正八）
三・一運動——朝鮮でおこった反日独立運動。朝鮮独立万歳を叫んでデモ行進をした。運動は次第に全国に波及した。日本の弾圧により、虐殺や逮捕・拷問が行われた。
五・四運動——中国でおこった反帝国反封建運動。パリ講和会議において日本の山東（中国華北地区北東部）利権の承認を不満としておこり、全国的な大衆運動に発展した。
ヴェルサイユ条約——六月、第一次大戦の戦後処理のため連合国側とドイツとの間の講和条約。国際連盟規約およびドイツの領土・賠償・軍備問題などに関する諸条項を含む。

一九二〇（大正九）

「国際連盟」発足——第一次大戦後、ヴェルサイユ条約の規定に従って成立した。世界平和の確保と国際協力の促進とを目的とする。加盟国五〇数ヵ国。日本は三三年「満州」問題が原因で脱退。

「新婦人協会」結成——市川房枝、奥むめお、平塚らいてうを中心に結成。女性の政治活動を禁止した治安警察法第五条撤廃運動を推進。

初のメーデー——五月一日に行われる国際的労働者祭。

三澤法子さん生まれる（一一月一三日）。

一九二一（大正一〇）

「赤瀾会」結成――伊藤野枝・堺真柄・久津見房子・山川菊栄らを中心に組織されたわが国最初の社会主義婦人団体。

アナ・ボル論争――大杉栄らが主唱したすべての政治権力を排除し労働組合の指導による社会を想定するアナルコ‐サンディカリスムとボリシェヴィズムとの間におきた労働運動の組織をめぐる論争。

赤松まさえさん生まれる（一〇月二五日）。

原首相暗殺。

一九二二（大正一一）
「全国水平社」創立――部落解放運動の全国組織。京都で結成大会を開催し、日本最初の人権宣言と評価される「水平社宣言」を発表した。
荒木タミ子さん生まれる（七月二二日）。

一九二三（大正一二）
関東大震災――九月一日発生。関東の一府六県の被害は、死者九万一千人、行方不明一万三千人、負傷者五万二千人、被害世帯六九万。震災の混乱に乗じ、約六千人の朝鮮人が虐殺され、数百人の中国人も虐殺された。

一九二四（大正一三）

「婦人参政権獲得期成同盟」結成――久布白落美《くぶしろおちみ》、市川房枝等により発足。翌年には「婦選獲得同盟」に改称。「婦選なくして真の普選なし」を掲げた。

一九二五（大正一四）

川土居久子さん生まれる（三月一〇日）。

「治安維持法」公布――国体の変革の禁止を目的として結社活動や個人的行為に対する罰則を定めた法律。言論・思想の自由を奪う。

「普通選挙法」公布――男子のみの選挙権の実現。

『家の光』発刊――現在のＪＡ（農業共同組合）の「家の光協会」が出版する雑誌。

簡略な年表ですが、四人が生まれた一九二五（大正一四）年までの日本社会、また、女性たちの社会はこのような時代だったのです。もとより四人とも「記憶」にない時代ですが、大正年間は相当に激動の時代だったことがわかります。この時代を「大正デモクラシー」と呼び、社会運動が展開した嚆矢の時代であったともいわれます。「大正デモクラシー」にはさまざまな意味づけがありますが、その性格を「帝国主義―ナショナリズム―植民地主義―モダニズム」というキータームで述べる論者に習ってみると、よく理解できるように思えます。そのなかでも特記すべきなのは、一九一〇（明治四三）年の大逆事件です。社会主義者である幸徳秋水や管野スガたち二四人が死刑判決を受け、あくる一一年に一二人が処刑されました。以降、言論の自由が強く制限されるとともに社会主義への弾圧によって、いわゆる「冬の時代」が到来することになります。近代天皇制を基盤とした帝国主義を貫くため、権力はそれに刃向かうもの、異説を唱えるものを容赦なく弾圧するのです。偏狭なナショナリズムの昂揚が謳われ、そのための教育が強化され、天皇制国家イコール帝国主義、植民地主義国家となった日本に疑問を抱かないことが良民であり、天皇の赤子といわれる時代になっていくのです。

同年の韓国併合は、植民地主義の成果でした。すでに併合していた台湾とあわせてアジアへの領土を拡張する象徴的な出来事です。この韓国併合により、川土居さんが朝鮮で生まれることが可能になったのです。

フェミニズムの視点からみれば、『青鞜』の存在は欠かすことができません。日本のフェミニズム運動の草分けです。「新しい女」は『青鞜』の女性たちに名づけられたものですが、身近なところでは、わたしの祖母のように、「家（寺）」を捨てて生きた女性も出現しています。『青鞜』から母性保護論争が生まれ、「新婦人協会」「赤瀾会」「婦人参政権獲得期成同盟」などが結成された時代です。一八九八（明治三一）年に『明治民法』によって制定された家制度は、『青鞜』の課題でした。しかし、家制度は敗戦を迎えなければ、その解決をみることはできませんでした。その意味では、四人ともが家制度下で結婚しているのです。フェミニズムの視点からはおおいに興味のあるところですが、先述したようにこのテーマは次の機会に譲りたいと思います。

また、フェミニズムには結びつかないのですが、『婦人公論』『主婦之友』など、いわゆる「婦人雑誌」が創刊されたことは、主婦層に家庭生活のさまざまな問いを生み出させました。そこからモダニズムに発展する要素ももたらしたのです。

一九二二（大正一一）年の「全国水平社」創立は、後述するように聞き取りした人にも関係します。「人の世に熱あれ、人間に光あれ」と謳った「水平社宣言」は、部落民のみならず、マイノリティの人たちが「声」をあげる先駆けになりました。部落解放教育の推進者であった崇仁小学校の伊東茂光校長のような教育者を輩出しました。

関東大震災で朝鮮人や中国人が虐殺されたり、大杉栄と伊藤野枝が殺されたのもこの時代の問題として提起されるべき事件です。一九二五（大正一四）年に公布された「治安維持法」は、そのような意味で「国民」を徹底的に抑えようとする悪法でした。言論の自由はなくなり、国家に追随しなければ生きられない時代を迎えるからです。

そしてそれは、四人が生まれた大正時代が終わり、昭和を迎える時代でもあったのです。

子どものころの思い出

かつて社民党の党首であった土井たか子さんが、「わたしは子どものころは〈軍国少女〉でした」という発言をしました。子どものころに「軍国少女」であったかどうかを聞きました。みなさんとも「戦前には知らないことばだった」という回答がまず返ってきました。「軍国少女」ということばは、戦後になっていわれるようになったのです。しかし、「軍国少女」が形成されていたことは事実です。そこで、子どものころの思い出を伺いました。

赤松さんが、女子師範附属小学校高等科に通っているときです。仲良し三人組で毎朝、疎水の脇を通って通学していました。疎水には堰堤があります。ある朝、その反対側にいつもはない小屋がつくられているのに気づきました。赤松さんたちは好奇心に駆られて、「何が置いてあるのだろう」となかを見たそうです。そのときのことを後に童話『疎水』として発表しました。その様子を『疎水』から紹介します。

3歳のときの赤松さん。10歳の兄と

私たち三人は、小屋の中へ入って行きました。小屋の中は、がらんとして誰もいません。コンクリートで、固めたような七、八十センチほどの高さの円い筒がたくさんたくさん並べてありました。さきがとんがっていて、形がちょうど写真で見たことのある大砲のたまのようでした。じっと見ていた山田さ

んが声をおとして
「ちょっと、ちょっと、これ大砲のたまにちがいないと思うけど」

と、いいました。私は、胸がどきどきしてきました。

「そうや、大砲のたまにちがいない。ニュース映画で見た大砲のたまは、こんな形やった。これは、大砲のたまなんや」

中村さんも声をおとして、ささやくようにいいました。

「ちょっとさわってみようか？」

私がこわごわいうと、

「ばくはつしたらたいへんや、さわらんとき」

中村さんは、私の体を横へおすようにしていいました。ばくはつと聞いて私の胸は、よけいどきどきしてきました。

「そうや、そうにきまってる。人にしれたらたいへんや」

と、もっと声をおとしていいました。

「これは、三人のひみつにして、誰にもいわんことにしよう」

と、中村さんがいいました。わたしたちは、たいへんなものを見たおそろしさにふるえながら誰にもいわないというゆび切りをしました。

それから二ヶ月ほど過ぎた頃、川のふちのくさりにかかっていた木のさくが、新しいコンクリートのくいにかわっていました。

「あれ!! 見たことのある形やけど」

コンクリートのくいをじっと見ていた中村さんがいいました。よく見るとそれは、あの小屋に並んでいたものと同じものでした。

そのころは空襲もなく、毎日の生活にもまだ緊迫感がなかったときでした。しかし、子どもの心には国が戦争をしていることを感じていたのでした。だから「くい」が砲弾に見えたのです。

荒木さんの家はお茶を売っていました。小さい頃（三歳頃）、商店街の隣のパン屋のお兄ちゃんが日曜学校の先生をしていて、日曜日になると、お兄ちゃんに聖公会の教会へ連れて行ってもらいました。「クリスマスには劇をしたり、お菓子をもらったりしながら、女学校まで教会に行っていた」といいます。戦後、教会は聖公会から岸和田教会に変わりましたが、荒木さんは洗礼を受け、クリスチャンになりました。一九四〇（昭和一五）年のことです。クリスチャンになることについて、親の反対はな

1930（昭和5）年、左端が小学二年生の荒木さん

かったそうです。そして、その年から一三年間、日曜学校の教師をしました。荒木さんの人生にはキリスト教の教えが根底にあり、荒木さんの人間形成に大きな役割を担っていたのです。

小学校時代のことを聞いてみました。

普通の少女でした。学校のときの思い出として、『教育勅語』をノートに書かされたことを覚えています。また、神武から次々と天皇の名前を暗記させられました。いえない子もいたけど、先生は何もいわなかったです。『教育勅語』を書けない子もいたけど、残されて書いていたことはあったかもしれないけど、愛国心がないとかはいわなかったと思います。教育の内容は、「君が代」、「日の丸」、「御真影」、「天皇陛下」、そして『教育勅語』を強烈に覚えています。

どこの学校でも飾られている天皇陛下の写真は、「まっすぐ向いたらあかん、みたら目がつぶれる」といわれたから、見ないようにしていました。朝礼の時間には、校長先生が『教育勅語』を奉読します。その間、わたしたちは頭を下げていました。自然にそうなっていました。強制だったとも思いません。そんなふうにして天皇を崇める気持ちを自然と受け入れていったのでしょう。それがいまのように、『教育勅語』が軍国主義、天皇制国家の「バイブル」だとわかっていたら反対しています。小学校の「修身」教科書にも、「木口小平は死んでも口からラッパを離しませんでした」とか「肉弾三勇士」の話などでいっぱいでした。歌もそういうのがいっぱいです。乃木将軍の歌とか、軍歌ばっかりでした。いまでも覚えていて、全部歌えます。軍人をあがめる歌です。

川土居さんは、朝鮮で日本人の子だけが行く尋常小学校に通っていました。朝鮮では、韓国併合の翌年（一九一一年）、「帝国臣民たるの資質と品性」を養育する目的で「朝鮮教育令」が公布され、日本語教育が行われます。侵略教育です。当時の日本人

1940（昭和15）年、大田公立高等女学校時代。右が川土居さん

の多くの家庭では、朝鮮人のお手伝いさんがいて、「朝鮮人の犠牲」の上に成り立っていたという川土居さんの話は、わたしの耳から離れません。洗濯する朝鮮人女性や薪割りの朝鮮人男性が日本人の家を回って来ていた生活だったそうです。川土居さんの子ども時代の思い出を語ってもらいました。

天皇の名前を徹底的に覚えさせられたし、いまでも覚えています。それはもう徹底して、国史で皇国史観を植えつけられていったのです。天皇の名前はもちろん教えられたし、天孫降臨はあたりまえでした。雲の上から高千穂の峰に降りたった、と習いましたが、わたしなんか不思議だったわー。「ほんとに降りてきたんやろうか」と。それから、金鵄《きんし》勲章の金の鵄《とび》は、神武天皇東征のときに弓の先にとまったという金の鵄だと習いました。不思議に思いながら習いました。なぜなのと先生に聞けなかったし、聞いても答えられないしね。そういう教育を徹底的に受けました。でもおかしいなとは思っていたのよ。金の鵄が飛んできてーといったら信じます？　でも信じていたよね。だからわたしは戦争は勝つとずっと思っていたもの。

金の鵄の話などまったく知らないわたしは、これを「信じるしかなかった」という当時の神懸かりした教育の事実に驚くほかありません。

川土居さんが大田へ引っ越しする前年の一九三一（昭和六）年は、日本の中国侵略（満州事変）が始まった年です。その年の思い出を語ってもらいました。

慰問袋をつくれといってきました。それで母がつくって、手紙を書いて入れろというので、わたしが手紙を書いて入れたの。その慰問袋を受け取った人が、いまでも覚えているけど、星という中尉さんだった。その星中尉からわたしに慰問袋のお礼の手紙が返ってきたのです。満州事変がおこったとき。そのとき一年生だったと思います。たどたどしい字で慰問袋のなかに手紙を入れて、母がいうたとおりを書いたんでしょうね。お手紙が来たときはうれしかったですね。だからいまでも覚えているの。手紙をもらったので、いまだに星中尉という名前は覚えているんですよ。どんなものを母が慰問袋に入れたかは知りません。律儀な兵隊さんね。その頃はまだ戦地でも余裕があったのかな。のんびりしていたからできたのでしょうね。

「慰問袋」という懐かしいことばはわたしも受け入れることができます。

わたしの母はどのように過ごしていたのでしょうか。母は、広島県と鳥取県の県境に近い横田町に生まれました。前述したように生まれてすぐに両親が離婚したため、両親と過ごした経験がありません。祖母との生活を思い出すだけだといいます。また母は、母の姉妹三人とともに生活していたこともあって、次々に「嫁」に行く叔母の思い出を語ってくれました。そんな子どものころには、戦争にかんする思い出はなく、戦争と遠い所で生活していたことが、その後の聞き取りでもよくわかりました。それ

出雲の今市女学校のときの母

でも学校で神武から始まる天皇の名前を覚えさせられたといいます。教育の内容はみなさんと同じでした。国を挙げての戦争でしたが、子どものころの思い出は、地域や生活の状態によって非常に大きな隔たりがあることも改めて知ることになります。

註

(1) 成田龍一『大正デモクラシー』岩波新書、二〇〇七年、六頁

第二章

「母」たちの戦争

記憶する戦争体験

今回の聞き取りのなかで、重要な意味をもつのは、みなさんの「戦争体験」です。質問は、戦争の時代をどのように生き、歴史の節目節目をどのように体験されたかを聞きました。たとえば、一九三一年（昭和六）年の中国侵略の始まり、一九三七（昭和一二）年の南京大虐殺、一九四一（昭和一二）年の真珠湾攻撃、一九四五年八月一五日の敗戦の日などの節目のときです。そのときにどんな生活をしていて、それらの歴史の節目となる時代をどのように体験し、感じたかを話していただきました。

結論を急ぐわけではありませんが、わたしが聞きたいと思っていた戦争の事実が、きちんと「知らされていなかった」ことがよく理解できました。聞いていく途中から、それは、後に学んだり、興味をもって調べたりしてわかったということです。その渦中を生きていた人には正確な情報を得ることができなかったのです。しかし、個人的な戦争の体験は、「公」となっている戦争の歴史では知ることのできない事実を聞くことであり、それはまた思いがけない彼女たちの人生を知ることになったのです。

赤松さんは、二〇歳前後のことを語りました。

1938（昭和13）年、京都女子師範学校一年生のときの長刀（なぎなた）の寒稽古。前列左から５人目が赤松さん

二〇歳前でしたね、女子師範学校から軍需工場へ行っていました。近鉄電車に乗って、富野荘《とのしょう》（現在の京都府城陽市）というところの大きな軍需工場へみんなで行きました。何の仕事だったかは覚えていないけど、爆弾をつくるようなことではなくて、蚊帳《かや》のつづくり（つくろい）をさせられて、「何でこんなことをせんならんのやろう」と思いました。毎日だったか当番で行ったかはよく覚えていないけど、軍需工場へ行って働いたことは覚えています。

もうひとつは、月一回、きちんと並んで桃山御陵へ行き、戦勝祈願をしました。桓武御陵を通って、隊列を組んで行軍のようにびしっと、タッタッタッタッタッと。まず桓武御陵で拝んで、それからまた、タッタッタッタッと歩いて明治御陵へ行きました。そして、昭憲皇太后のお墓があるところをぐるっと回ってお参りをするのです。ひとこともしゃべらないで、タッタッタッタッタと兵隊さんみたいに歩いていたわ。制服を着て、スカートをはいて、四列に隊を組んで、サッササッサと、ひとこともしゃべったらだめだった。無駄口をたたかない。とにかくサッササッサと行くの。そして御陵の前まで行ったら、「礼」といわれたと思うけど、みんなでお辞儀したんやろうね。足を上げる行進ではなかったけど、みんな真剣な顔をして、しゃべろうとも思わない。戦勝祈願していたんです。みんなの心のなかには勝ちたいという思いがあったのですね。お国のためにと。

学校で式があると、「御真影」の前で校長先生が最敬礼し、カーテンのような幕の仕切りをシューと開けると、天皇陛下皇后陛下の写真が出てくるのね。生徒はみんな下を向いているの。幕が閉まるまで下を向いたままでいる。鼻汁が出てくるのね。何で昔の子は鼻をたれたんやろうね。何でやろうね。みな鼻をたれていて、腕で拭いたりして……。何であんなにみんな鼻たればかりだったんだろう。不思議ね。食べ物の影響かなあ。みなズーズーと。下を向いていてもときどきは写真を見ていました。式が終わったら、校長がまた「御真影」を奉安殿に納める。帰るときも奉安殿にお辞儀をして帰っていました。その横のほうに二宮金次郎の銅像がありました。でも誰も拝まなかったです。なかには、頭をなでていく子もいたわ。だけど奉安殿にはみんなきちんと最敬礼をしていました。

赤松さんが話した「御真影」は、明治天皇の時代に始まりました。写真技術によって、天皇を見えない天皇から見える天皇にしました。写真に先立ち、実際に見える天皇の役割を果たしたのは「巡幸」でした。李孝徳さんは「とりわけ維新政府の指導者にとっては、天皇をどう民衆に可視化させるかは重要な問題であったに違いない。「国民」がその国家の象徴に威信を認めなくては国体自体が成立しないからである」(1)と書いています。天皇の地方視察旅行が行われるのです。最初は一八七二(明治五)年です。以後一八八五(明治一八)年まで六回の巡幸が行われました。その後、写真というかたちで天皇は国民に入ってくるのです。「御真影」です。一八八九(明治二二)年に文部省総務局長通牒を契機として広まり、全国の高等小学校に「御真影」が行きわたるのは一八九〇年代に入ってからです。その後、すべての尋常小学校にも行きわたるのです。多木浩二さんは、そのシステムが天皇制国家の支配機構をつくったと次のように述べます。

この（下付《かふ》）システムはすべて下から願い出るかたちの手続きからなっている。この手続きを経て、「御真影」を受け取り、それを礼拝する行為はすべて民意にもとづくというかたちが生じ、民衆は自ら望んでそのように生きているつもりになった。（中略）写真の取り扱いにかんするあらゆる行為が、徹底して儀式化、儀礼化され、その結果として写真に〝聖性〟が生じることである。[2]

それは、けっして強制的ではないように思わせながら、公教育の場で徹底した全体主義への構造をつくっていったことがよくわかります。「民意にもとづくというかたち」で〝自然に〟という政略によって、そのような印象となる、そういうシステムになっていたのです。

天皇の聖性は絶対でした。文部省の「学校防空指針」には、「御真影、勅語（教育勅語）」を第一に「自衛防止緊急に整備」することが定められていました。「児童の退避施設」はその次に考えられていたのです。人命よりも天皇皇后の写真が優先されていました。赤松さんたちが顔を上げることができずにいた「御真影」を守るために自らの命を失った校長もいたのです。
　赤松さんの師範時代の写真をめくりながら、そのうちの一枚に目が釘づけになりました。わたしは説明を求めました。

1939（昭和14）年、師団司令部に慰問袋を届ける赤松さん

　師範のときに、慰問袋をもって行ったときの写真です。どこへもって行ったかというと、伏見師団司令部（現在の聖母女学院短大の本館）です。クラスの代表として友人といっしょにもって行ったのです。みんながもってきたものを集めた袋がこれです。

　セピア色になった写真の慰問袋が予想よりも大きく驚きました。

伏見師団司令部は京都第一六師団でした。背景に兵士とともに写っている写真は、戦時であることをまざまざと物語っていました。

荒木さんは次のように語りました。

竹槍をもってヤーヤーヤーと軍事教練をやっていました。わたしのときはナギナタでした。分列行進といって、クラスに分かれて、いま北朝鮮でやっているのを女学校でやっていました。でも授業はちゃんとありました。授業はカットなしでありました。女学校時代は、世のなかはもうみんな「鬼畜米英」と叫んでいました。キリスト教の教会にも石が投げられました。音楽の時間、ドレミファ……は英語だからいけないのです。アーファーベーツェーデー……とドイツ語になりました。英語は二年生までで、「鬼畜米英」という教育がありました。アメリカはあかんと、日本の敵やと教育されていました。戦争が始まっていましたが、日本は強い、絶対強い、負けるはずがない、神風が吹くと。負けるという考えはありませんでした。「えらいこっちゃ」と思っていない。巷では「やった、やった。日本は強い。万歳、万歳」です。大人にも悲壮感がないんです。日本は負けない、神国日本、万世一系の天皇様の国。どこにも悲壮感なんかない。戦争のイメージがない。かっこいいともかっこ悪いとも思わない。何にもない。ただやったなー（戦争を始めたな）という感じ。

日本の弱みは絶対に知らせていない。一部には、日本が負けるといっていた人もあるでしょうけどね。戦争に負けてからいった人はいる。でも戦争が始まったときに、体張って、十字架にはりつけにされても、「俺は戦争反対、日本は勝てない。飛行機の数は少ない」と、誰がいいましたか。いいませんでした。だから、「アホ」やったといえば「アホ」やった。

戦争をすることをあたりまえのことだと教育され、そういう情報ばかりが流れてきました。いま思うと、ほんとに怖いことだし、「お上」のやることは怖いと思っています。「お上」のいうなりに信じていた……。いまになって怖い時代だったといえるんです。

荒木さんのほとばしることばから「教育」の怖さを実感します。また、荒木さんはお父さんの死を語りました。

1940（昭和15）年、ランバス女学院の六甲登山。「紀元二千六百年」と書かれている。三列目の左から5人目が荒木さん

わたしの父は、昭和一五年に死にました。父親は一〇〇キロはある大きな人で、相撲でもとるぐらいの大男でした。病気ひとつしないし、一家の大黒柱でした。その父親がたった一〇日間の病気で死んだのです。何で死んだのかというと、いまでいう黄疸出血性レプトスピラ病というスピロヘータというウィルスによるものでした。近くのかかりつけのお医者さんが黄疸出血性レプトスピラ病であると診断してくれました。そして、注射を一本したら治るといわれました。しかし、その注射がなかったのです。わたしは一八歳でしたた

が、大阪にはあるのではないかと思い、ひとりで大阪まで行き、靴のひもが切れるほど歩いて、いろいろなところを回って、「血清注射はありませんか」と探して回ったんです。結局手に入らなかった。たった一本の注射がないために、父親はあっけなく死んだんです。わたしは戦争が父を殺したといまでも思っています。ファックスもなければ、インターネットもない時代。大阪まで必死に行って歩き回ったのに……。

わたしは戦争を恨んでいます。父の死によって、わたしは学校を辞めることになりました。そこからわたしの一家の運命も変わったと思います。もし戦争がなかったら、血清注射が容易に手に入ったと思います。父も死んでいないと思います。生きていたら、いまのわたしがあったかどうかは、それはわからないけど……。

運命が変わったことは事実です。父の死も戦死と一緒だと思っています。あのときは悲しくても泣いていられなかった。明日からの食べることを考えなければならなかった。学校をやめようと思ったとき、ミス・ピービー先生が、学資を全部出してあげるから、学校を続けなさいといわれました。「世のなかにこんな人がいるのか」と思いました。しかし、学資だけの問題ではないと思い、うれしかったけど、あくる年には退学して働き出しました。

荒木さんの学校時代はお父さんの死とともに終わりました。でも、そのなかで強く、いまも感動する思い出としてあるのが、ミス・ピービー先生の存在です。学資を全部出そうというようなことは、やはりキリスト教の精神だったのかと思ったそうです。

川土居さんは、女学校での思い出を次のように語りました。

戦争が始まっていました。毎月一回、時局講演会という名前で、戦争を讃美する話がありました。例えば、後にミズーリ艦上の降伏調印式に出た梅津美治郎陸軍大将のノモンハン事変における関東軍の活躍とか。詳しい内容は忘れたけど、盧溝橋での事件がどんなふうにしておこったとかね。いまから考えたら、日本が正しいみたいにウソばっかり教えていました。

時局講演会では、徹底的にアメリカやイギリスが悪いと。アメリカやイギリスは日本を経済封鎖をし、どうにもならなくなってきたので、開戦に踏み切ったなどと戦争を正当化していました。わたしたちも「そうだ」と思い込みましたね。

毎月毎月徹底的に教えられたのです。歴史の先生は上手ですけど、他の先生も校長先生も交代で同じような話をするのです。ときには外部から講師を呼んでいました。先生たちも必死で勉強していました。ほんとですよ。先生もかわいそうだったよね、いま考えたら。

朝鮮で生活していた川土居さんの話には、日本で生活している人とは違い、戦争がより身近にありました。一九三七（昭和一二）年、日中戦争の発端となった盧溝橋事件には、友人の父が出征していったことを思い出しています。

川土居さんは1972年、戦前と同じ大田公立高等女学校を訪ねた。

盧溝橋事件があってね。それから

日支事変、支那事変、大東亜戦争というように名前が変わりました。支那事変のときに酒井登美子さんという人のお父さんが出征して行ったのです。でも、すぐに戦死されましたよ。南昌というところの戦いだったと聞きました。そして、遺骨が帰ってきました。大きな白木の箱に入っていました。そして、盛大な慰霊祭も行われました。

戦争が激しくなり、日本の形勢が悪くなっていくころには、戦死者の遺骨も帰ってこなくなりました。遺骨どころか遺髪も何も帰ってこなかったのです。遺骨が帰ってきた一九三七年当時はまだ「余裕のある戦争」だったことがわかります。川土居さんは「遺骨」に深い思いをもっています。「わたしの大切な人が戦死したときには、何も帰ってこなかったのです」と。川土居さんのその大切な人の戦死は後述することにしましょう。

もとより先の戦争による犠牲者は、日本軍の兵士だけではありません。アジアの国々、とくに中国の人たちは大きな被害を受けたのです。日本軍は、南京虐殺事件のような悲惨な事件の加害者でした。また、植民地や侵略地では、住民の財産や食料を奪うのは日常茶飯事で、同じように命も奪っていました。その上、日本軍によるレイプも日常的におこりました。日本軍は性の加害者・犯罪者でもあったのです。
川土居さんの話を続けましょう。

父は早くに亡くなったけど、官吏だったでしょ。朝鮮人が官吏になれるのは、両班《ヤンバン》で、ほんとうに優秀な人しかなれなかったです。日本の大学を出て、帰ってきた人です。きっと日本人よりも賢かったと思います。父なんかは、たとえば一〇〇円もらうことになると、加俸が六割ついて一六〇円をもらうことになるのです。それが日本人です。でも朝鮮人は一〇〇円。だから日本人は贅沢に暮らせるわけです。

しかし、思い出話で終わらないのが川土居さんです。植民地下で暮らした体験を内省的に考える人です。それは、人権の立場というのがもっともふさわしいでしょう。そして、そうした思いを現在につなげて生きている人です。それができる川土居さんにわたしは共感するのです。川土居さんをそうした生き方に導いた「分岐点」に興味がそそられます。

敗戦までの記憶

戦争が間近に迫る体験を赤松さんから聞きました。赤松さんにとっては、教師の時代でした。まず教師としての思い出から話してもらいました。初めて勤務した学校は、上京《かみぎょう》国民学校です。

上京国民学校（現在の上京中学校）での勤務は一年でした。校長と教練の教師は軍服を着ていました。将校みたいな格好でした。上京中学は京都御所のすぐ近くにあります。女子師範のときは、桓武御陵と明治天皇陵の参拝でしたが、今度は御所です。軍服の校長を先頭にして、きちんと並んでタッタッタッタッと御所へ行きました。戦勝祈願の行進です。

職員の応召という悲しい思い出があります。ある日、若い男性の職員が、「こないだ、田舎へ帰ってきたので」といって、職員室に誰もいなくなったときに土のついたサツマイモを三つもわたしにくれたのです。「あらっ」と思って、わたしはドキドキしました。それから、わたしが日直のとき、彼も一日中職員室にいて何やかやと仕事をしながら、子どものころのことや田舎のことを話してくれました。その後、わたしは一年で師範学校の専攻科へ戻りました。その専攻科のときでした。芋畑で何の時間だったのか、農業の時間だったのかもしれません。みんなで農園の仕事をしていたときです。ずっと向こうで軍服を着た人が立っているのです。誰かなと思ったら、手招きをしているの。その人だったのです。そして一言、「これから行きます」と。「アー」と思ったけど、授業中だしどうすることもできない……。きちっと礼をして、急いで立ち去って行かれました。わたしはポカンとして後ろ姿を見送り、いつまでもいつまでも立ちつくしていました。そして何ヵ月か後、レイテ島で玉粋されました。遠い日の悲しくつらい思い出です。

もう一人の応召はね、崇仁小学校の同学年の若い教師のAさんでした。朝礼でみんな静かに校長先生の話を聞いていたときです。一番前の小さい男の子が兄ちゃんの靴でも履いてきたのか大きな靴を左右反対に履いていました。そして、両手をきちんとのばし身動きもせずにドングリ目玉で校長先生の話を聞いています。わたしはおかしくてかわいくて笑いをこらえるのに大変でした。そのとき、Aさんがこらえきれずにくすくすと笑い出したのです。朝礼で笑いも許されない時代でした。

崇仁小学校から歩いて行けるところに博物館があります。いまはお金を出さないと入れないけど、昔はただでした。博物館のところに池があり、その横に木がいっぱいあるので、そこで写生をさせてもらったり、遊んだり、授業をさせてもらっていました。ある時、ひとりの子が木に登ったの。木に登ったら、木の股のところに足が入ってしまって、足を抜こうと思うけど抜けないの。木が締めるというのかな、どんなにしても抜けない。その子は泣き出すし、わたしは困ってしまって、Aさんを呼んで「足が挟まってしまった」といったら、「よし、わかった」といって、すぐその木に登って、木からその子を離して降ろしてくれました。

そんなAさんもまもなく出征しました。玉砕だと聞いています。

赤松さんは、小学校の子どもを学童疎開に連れて行った体験があります。

昭和一九年四月から崇仁小学校に勤め、二〇年四月に集団疎開が決まりました。集団疎開はほんとうに大変でした。疎開には、集団疎開する子と縁故疎開する子とがありました。集団疎開に参加したい子だけを集めます。疎開をするかしないかは親が決定するから残る子もたくさんいました。

1944（昭和19）年、赤松さんと校長先生、生徒とともに

行った先は京都府船井郡高原にある高原国民学校です。親は京都駅まで見送りに来ていました。山陰線に乗って、下山という最寄りの駅で降りました。わたしは高原の山の上のお寺で泊まらせてもらっていました。お寺の本堂だったけど、高原公会堂で泊まった人もいるし、子どもはお寺に何人、公会堂に何人というふうに分けていました。担任を度外視して振り分けました。学校はみんな高原小学校に行きました。三年生は三年の学級に入り、六年生は六年の学級に入るように高原小学校が受け入れてくれました。空襲もないから、勉強してお寺や公会堂に帰る生活で

す。

そこで、一番困ったのは食べものがないことです。疎開の話はほとんどが「食べるものがないので困った」という話になるのです。京都にいても食べるものは何もなかったけど、集団疎開はほんまに食べるものがなかったなー。京都から、地域の人で給食の世話をする人がついてきてくれて、お寺に二人、公会堂に二人、みんなのご飯をつくってくれるの。ところが、ご飯といってもお米がないの。お米のなかへいろんなものを入れたり、お粥さんみたいにして苦労していました。田舎だから食料があるかと思っていたのだけど、何もないの。予想とぜんぜん違っていました。信じられないかもしれないけど、何よりもほしかったのは、塩。塩がほしかった。当時はみんなそうやったと思うけど、甘いものはほしいと思わないの。贅沢なものはいらんの。ただね、塩がほしかった。それだけ体に足らんかったのね。ご飯でもお粥さんにしろおじやにしろ、おつけものがちょっとほしいでしょ。辛いものが。塩昆布でも何でもいいのよ。ご飯にちょっと塩気があるとか。そういうものがぜんぜんないの。そのときに思ったのは、「田舎だし、おつけものを漬けてはるやろになー、一本でもくれはったらいいのになー」と何回も思いました。田舎の人も自分たちの生活が大変だったのでしょうね。

疎開した人は役場で調達していたと思うの。それとも、京都からもって行ったのかな。運んでいたのかな。実際のところは知らないけど、疎開といったら、いまでも食べ物のことで頭がいっぱいになります。ほんのちょっとしかないの。お粥といったら目が映るようなおつゆなの。もちろん塩分が足らんしね。そういうのが食事なので、みんな体をこわすのよ。病気にはならないけど、やせてね。そして、体の柔らかいところにブツッと皮癬《ひぜん》みたいなものができるの。それにシラミがいっぱい出てね。何であんなにシラミが出たんやろう。みんなの下着をタライで洗濯して水を流すと、タライの底にたくさんのシラミが死んでいました。食べ物が極端になかったです。栄養失調やなー。みんなのここかしこの柔らかいところが膿んでね。もちろんわたしもそうやった。手足のつけ根とかね。

そういうひどい生活だったから〝脱走〟する子どもがいてね。隣の和知の駅と胡麻《ごま》の駅がみえるところがあるの。だからでしょうね。〝脱走〟する。でも駅まで行けないの。体力もないしね。誰かが追っかけて行って保護することもありました。

親がときどき見学というか見に来ることがあって、そのときには決まって食料をもってきました。もうその当時にはいたる所に闇市ができていました。闇市でなんとか買ってもって来ていました。それをみんなで分けるの。一度、塩をもって来た人がいて、その塩がほんとにうれしくてねえ、みんなのご飯にちょっとずつちょっとずつかけてね。最後に手の指についたわずかの塩をねぶった（なめた）わ。わたしだけこんなんしたらあかんと思いながら……。近くに海があったらどんなにいいかと思ったわ。子どもと一緒に野草を取りに行ったり、イナゴやカエルを取りに行ったり、ほんとにひどかった。とにかくひどかった。疎開といったら、食べ物がなかったこととシラミと皮癬と、そんな思い出しかないですね。

赤松さんの疎開の体験を当時の多くの学童が体験しました。なかでも、わたしには皮癬の話に心が痛みました。皮癬ということばはいまの若い人は知らないかもしれません。疥癬《かいせん》とも呼ばれます。

戦争中の貧しさを体験した人のなかには、戦後の高度成長によってどんなに豊かになっても「もったいない」という気持ちを忘れない人がいます。わたしが聞き取りした人たちです。「もったいない」ということを心から知っている人たちです。「もったいない」という心は、精神だけのものではありません。地球温暖化を防ぐ行動原理があるとしたら、だれもがこの「もったいない」ということばに思いを馳せることでしょう。

学童疎開は、大都市の国民小学校初等科学童を安全な地域に一時的に移住させようということから、一九四四（昭和一九）年六月に閣議決定した「学童疎開促進要項」に基づいて始まりました。B29による空襲が始まったからです。京都は一九四五（昭和二〇）年から始まっています。その後、空襲が強まると全国的に拡大しました。「根こそぎ疎開」と呼ばれています。沖縄の子どもたちも「本土」に疎開させられました。沖縄から九州に向けて出港した学童疎開船「対馬丸」は、一九四四年八月二二日、米軍の潜水艦によって轟沈し、七七五人の子どもたちが亡くなりました。

荒木さんの体験は「日本の女性の鑑」という話です。

女学校の講堂の真ん中に「御真影」が祀ってあります。その左側にたたみ一枚ぐらいの写真が飾られていました。きれいな紋付きを着た女性の写真です。毎日見させられました。その写真は、井上千代子夫人といいました。女学校の卒業生で、わたしたちの先輩です。夫は軍人です。いまでもその名前を覚えています。写真は、夫が出征したあとも、「後顧の憂いがない」姿を写した写真だというの

1944（昭和19）年、教会のガラスが「反米」で破られた。前列中央が教会の女性牧師、後列三人目が荒木さん

です。井上千代子は、「日本の女性の鑑」だと、毎日見させられました。そんな教育が行われていたのです。徹底した軍国教育です。なぜ井上千代子なのかというと、夫が出征するのに「後顧の憂い」がないようにと自死したからです。そのときには、「素敵だなー、そんな人もいるんだ」と思いました。また、『婦女鑑』や『女大学』を毎朝、朝礼で読まさせられました。

井上千代子については、その後の研究によって、発表された遺書等から新聞発表と食い違いがあり、井上千代子自刃事件（一九三一年）についての真相は未だ明確ではありません。しかし、軍国美談として一世を風靡するばかりか、その後に結成された安田せいという女性が結成した大阪国防婦人会（一九三二年）の起爆剤として利用され、やがて「大日本国防婦人会」（一九三二年）の結成へとつながるのです。「大日本国防婦人会」が声を大にして唱えた女性の生き方こそ、「後顧の憂いなく」でした。父・夫・息子を戦場に送ることを喜びとする「日本の女性の鑑」をめざしていたのです。

荒木さんは、キリスト教徒でした。キリスト教徒をスパイだといった流言に惑わされる時代でした。

キリスト教会へ行っていたでしょう。だから当時も天皇のことを神さまとは思わなかったです。神さまはキリスト教の神さまだけ。ただ「天皇陛下」なんだと思いました。生身の人間だと思いましたが、「万世一系の貴い人で、まともに見たらあかん」と教えられました。キリスト教の洗礼を受けていましたから、他の人とはちょっと違う見方をしていたと思います。現人神《あらひとがみ》というけれども、神さまではないと思っていました。生きている人間です。

キリストの再臨を信じて待望する派のホーリネス教会は、世の終わりが来る、やがてキリストが再臨するという信仰です。そこにいた女性牧師が、「万世一系の天皇は神ではない」と説教し、「国賊」だと憲兵に引っ張っていかれて獄死したという話を聞いていました。

わたしたちが教会で祈るときには、「どうぞ日本が勝ちますように、鬼畜米英を倒してください」と祈りました。

戦争が激しくなってくると、教会の門扉を供出したし、ストーブまで供出しました。軍艦の材料がないからといって、教会のみすぼらしいルンペンストーブ（石炭や薪などで使う簡易ストーブのこと）まで出したのです。

ホーリネス教会は、「治安維持法」によって激しい弾圧を受けます。しかし、他の多くのキリスト教会は、荒木さんの話のように、戦争を「聖戦」と讃美しました。キリスト教の信仰をもって、「日本が勝つこと」「鬼畜米英を倒すこと」を祈ったのです。それは、キリスト教に限ったことではないのです。日本仏教のほとんどが「聖戦」と讃えて翼賛していました。

そうした時代のなかで、荒木さんは看護婦（看護師）の勉強をしています。

——看護婦の勉強を始めた動機は何ですか。

勤めていた学校は男子校でした。五年間のうちの三年間は飛行場造り、兵器造り、武器造りに行って、授業はしていません。でも、たまに授業があります。教練の授業です。そのときよく怪我をするのね。教師は男性が多い。わたしは事務局に勤めていました。わたしが生徒の怪我の手当てをするのですが、「こんな素人ではあかん、看護婦の資格をとらなければ」と思って、勤務中に時間をもらって看護婦の勉強に行きました。

——どこで勉強をしたのですか。

同じ岸和田市内の病院に看護婦の養成所がありました。戦争中だったから養成していたのです。そこで一生懸命看護婦になる勉強をしました。

——看護婦の資格を取ったのですか。

資格を取るために国家試験を受けるのですが、わたしは受けなかった。なぜ受けなかったのか。戦場に行かされるからなの。わたしは妹たちを養わなければならないし、出征したら困る。それで資格を取ったらあかんと思ったの。いま戦場に連れて行かれたら、家はたちまち困るから。そのとき、国家に反することだとも何とも思わなかった。いまにして思えば、反逆行為だったのね。

――看護婦が戦地に行くことを知っていたのですね。

もちろん。どんどん従軍して行きました。昭和一七年になると、戦争が激しくなっていました。看護婦が次々と戦地に出て行きました。わたしは、戦争で死んだらあかんと思っていましたから絶対資格はとったらあかんと思ったのです。いまから考えたら、「賢い、おまえはえらい」と自分のことを思います。受けていたら合格していると思います。でも受けなかったです。

――キリスト教の信仰とも関係していたのですか。

そうね。わたしが戦争に行ったら、妹たちが経済的に困るということと両方ね。わずかだけど、みんなを支えられたし、たぶん両方やったと思います。「絶対死んだらあかん、いま死なれへん」と強く思っていました。戦場へ行くんです。生きて帰れるとは考えられなかったです。

従軍看護婦が組織的に戦場に派遣されるのは、一九三七（昭和一二）年の盧溝橋事件からだといわれています。日本赤十字社戦時救護員として動員されました。従軍看護婦には日本赤十字社と陸海軍で採用された看護婦がいました。荒木さんは、日本赤十字社の養成所で勉強したのですから、資格を取っていたら一般の兵士と同じように召集令状によって出征しなければならなかったのです。「太平洋戦争」中には、約三万人が戦地に赴き、一一四三人が戦死し、四六八九人が負傷したといわれますが、実態はいまもって正確にわからないといいます。そればかりか、戦後も朝鮮戦争に千人以上の看護婦が召集されたのです。

やがて空襲が始まります。そのときの体験を荒木さんは次のように語ります。

毎晩、夜中であろうと真冬であろうと、警報が鳴ったら、防空壕へ逃げ込まないとあかんのです。岸和田上空は飛行機が通る道でした。紀伊水道から大阪湾上空へとB29が飛んでいました。最初は何も知らないから、きれいに見えました。ところがしばらくすると、「シャラシャラシャラシャラシャッラ」と音がするんです。焼夷弾が墜ちてくるんです。

大阪府への空襲は、「大阪大空襲」と名づけられています。「東京大空襲」の三日後の一九四五年三月一三日の深夜から始まりました。敗戦までに少なくとも五〇回を超える空襲があり、一万五千人を超える死者（行方不明者を含む）がありました。作家の小田実は、三回大阪空襲を体験しました。三度目は八月一四日、つまり敗戦の前日でした。そのとき、爆弾とともに「戦争が終わりました」というビラがまかれ、小田はそのビラを読んでいます。まだ人々は日本がポツダム宣言を受託したことも戦争に負けたことも知らないときだったのです。その二〇数時間後、天皇の「玉音放送」があり、ようやく敗戦を知るのです。

朝鮮にいた川土居さんの話に移りましょう。

敗戦まで、また敗戦後も食べ物はあるし、日本より贅沢な生活でした。何も困らなかった。統制経済でいちおう何でも配給というかたちをとっていましたけど、闇もあったのかな。ほとんど何でも手に入りました。衣料もちっとも困らなかったです。帰ってきてから困りました。

アメリカは、朝鮮の立場をよく知っていたでしょ。空襲はなかったです。わたしは空襲をまったく知りません。朝鮮の人を殺すと戦争が終わってからの朝鮮への政治力にも影響があるからでしょう。それではアメリカも困る。後から考えたら、やっぱりそういう事情があって、朝鮮への空襲をしなかったのです。よくわかっていたのだなと思います。

父はすでに亡くなっていたのですが、母がいまの市役所みたいなところの税務課というのか、そういうところで働いていました。生活には困りませんでした。わたしも国民学校で三年働きました。小学校ですから全課を教えました。「御真影」を守る校長がいました。そういう人は、朝鮮の人たちは許さなかったです。

学校内では朝鮮の子どもたちに日本語を使いなさいといいました。また、東方遙拝といって、朝礼では、日本の宮城に向かって最敬礼をさせたのです。「皇国臣民の誓い」というのも毎日唱えさせました。

でも、子どもたちは素直でやさしく、わたしを大切にしてくれました。近くの大人もわたしたち日本人には優しかったです。そして、敗戦後、引き上げました。川土居さんが子どもたちに唱えさせた「皇国臣民の誓い」(子ども用)とは次のようなものです。

一　私共は大日本帝国の臣民であります
一　私共は互に心を合わせて天皇陛下に忠義を尽くします
一　私共は忍苦鍛錬して立派な強い国民となります

李承浩君の時間表

ちなみに大人用は同じ意味ですが、難しいことばを使っています。

一　我等は皇国臣民なり、忠誠を以て君国に報ぜん
一　我等皇国臣民は、互に信愛協力し、以て団結を固くせん
一　我等皇国臣民は、忍苦鍛錬力を養ひ以て皇道を宣揚せん

皇民化教育が植民地朝鮮で行われたのです。併合の翌年、「朝鮮教育令」が施行され、日本語を「国語」と定め、朝鮮語は外国語扱いをされました。また、朝鮮にいる日本人の子どもは義務教育でしたが、朝鮮の子どもは義務教育ではありませんでした。そ

のため一部の子どもだけが教育を受け、困窮家庭や日本の侵略に抵抗する家族の子どもは教育の機会を失いました。

わたしがソウルの古書店で買った一九二七（昭和二）年に朝鮮高等普通学会が発行した『普通学校五、六年講義録』のなかにはさまっていた李承浩という子どもが通っていた内秀公立普通学校の「時間表」をみますと、国語は週四回、朝鮮語は週二回で朝鮮のことばを奪いました。また、名前を奪う「創氏改名」も後に行われることになります。日の丸・君が代も当然に強制したのです。

みなさんに「南京陥落」のときのことを聞きました。日本軍は一九三七（昭和一二）年、中国で大きな事件を引きおこします。同年一二月、日本軍は中華民国政府の首都南京（当時）を攻略します。いわゆる「南京陥落」です。日本国民は、その知らせを歓呼して迎え、「提灯行列」が全国で繰り広げられました。しかし、日本政府は重大な問題を隠していたのです。虐殺とレイプ事件です。

荒木さんと川土居さんは提灯行列に参加していました。荒木さんは、「日の丸の旗、提灯をもって街を歩きました」といいます。そのとき「勝った、勝ったと大喜びしました。その後も何回か経験しました。親についていったのか、知り合いに連れていってもらったと思います。ニッポン万歳と叫んでいました」という思い出があると話

戦死した大切な人とつき合っていたころの川土居さん

します。また、川土居さんは、「朝鮮でも提灯行列や旗行列をしました。日の丸の旗をもってね、昼にするのが旗行列でした。提灯行列は夜でした。勝った勝ったといっていました。南京陥落のときが一番でしょうね。何回かよくやりましたよ。印象に残っているのは南京ですね」と話します。旗行列と提灯行列の違いを知りました。

川土居さんに、ひとりの女性として大きな出来事がありました。それは、あの戦争の時代に恋愛をしていたことです。とても大切な人がいたというのです。わたしも身を乗り出して聞いていました。

――いつからつき合ったのですか。

学校時代からです。一四～五歳のときかな。その人は大田の学校に通っていて、近くに下宿していました。お父さんは転勤になってソウルに行っていたと思います。彼は残って大田の中学に通っていました。中学校と女学校とは道を隔ててこっちとあっちという近い距離にありました。でも学校の決まりで男子学生と会ったらいかんのです。恋愛なんてもってのほかで、隠していました。わたしいつもそれをいうと、聞いた人はみんな笑うけどね。何にもしなかったよ。手を握ったこともないわ。ソウルと大田の間に天安《テンアン》という街があるんです。そこで、ときどき会っていたんです。あるとき、雨が降ってきたの。彼が傘をもっていたんかな、一本だけあったから、それをさして入ったの。そのとき肩と肩が触れたの、それだけ。わたし、いつも思うの。そのぬくもりだけしか知らないのだと。

――彼が兵隊になったのはいつですか。

昭和一九年四月。三月に卒業して軍事教練を受けて、そのまま兵隊さんになるのね。わたしたち、一九年の一二月に会ったんですよ。内緒でつき合っていたから、誰も知らないんですよ。でもどうしても会いたいと思って、ソウルへ出かけました。彼はソウルの軍隊におり、わたしは大田にいたから。ソウルで会ったのです。終日歩くか喫茶店に入るかしてしゃべり、そして、また会おうね、と約束して別れたんです。

――もう一度会えたんですか。

次に約束した日にわたしはソウルへ行ったんです。ソウルの駅で、待って待って。一日中待っても、彼は来なかった。情けなかったわ。連絡できなかったですね。それであとでわかったのは、ウルサンというところがありますけど、そこから泥まみれのはがきが来て、行軍中に誰かに入れてもらおうと思って落としたんでしょうね。「もういつ帰れるかどうかわからないから、僕のことは忘れてくれ」って書いてあったんです。あわてていたんでしょうね、名前も何も書かずに、わたしの名前だけ書いて。そして、それから何にも連絡がないままに敗戦になりました。

――彼はどこへ行ったのですか。

あとからわかったことを継ぎ合わせたら、一二月にソウルで会っているのに、一月か二月ごろでしょうね、撃沈されずにビルマの方へ行ったと思うんですよ。輸送船に乗って行ったと思うんです。途中で台湾のキールに寄って。そこから母親にはがきを出していたようです。「今日は◇◇君に会った。元気そうだった。南方へ行くらしい」という、友人の名をかたって書かれたはがきが来たそうです。インドシナのどこかの港に連れて行かれ、陸路ビルマへ向かったのでしょう。何もせず死にに行っただけやと思います。

三月に亡くなっています。昭和二〇年三月二〇日に。あとからわかったのね。まさか戦死しているとは思わなかったです。インパール作戦でした。インドの北東部にあるインパールという都市をめざしたんですが、史上最低の作戦です。食べるものはないし、下痢はするし、もうどうしようもない。牟田口廉也という軍人で東条英機の腹心の部下が作戦を練った。日本軍のなかでも最低の軍人と評価されています。その牟田口という軍人によって多くの若者が意味のない死に追いやられたのです。牟田口は戦犯にもならなかったのです。もう腹が立ってしょうがないですね。ほんとに腹が立ったの。彼がそんなひどい戦場へ行っているとは夢にも思わなかったです。

――敗戦後に戦死されたことを知ることになったそうですね。

敗戦後に迎えに来てくれると思っていました。ラジオや新聞で「尋ね人」がたくさん出ていたんです。「今日はいうてくれへんかな、明日はいうてくれへんかな」と待っていたの。「何でいうてくれへんかな」と。待っても待っても何もないの。あの人が帰るところもわからない。だって向こうのお家《うち》とつき合っていないから。だけど、うすうす本籍地を知っていたの。しばらく経って、一年ぐらい経っていたと思います。手紙を役場に出したの。そしたら、「〇〇さんはメークティラで亡くなって、ご家族は佐賀県×××町におられます」と知らせてくれました。びっくりしてね。ショックでした。もうすぐ戦争が終わるという直前なのに。何しに行ったんですか。彼はそのとき二五歳でした。

――戦後、何かご遺族と連絡がありましたか。

お母さんと彼の弟と妹さんがおられました。わたしは墓参りに行って、話を聞いて帰ってきました。彼のお母さんは九〇いくつまで生きられてね。かわいそうでしたよ。あとから妹さんから聞いたのですが、お寺参りのときの袋のなかに、お兄さんの大学のときの写真が入れてあったって。ずっと思っておられたのね。お母さんは長いこと生きられて、彼の年金で弟と妹さんが大学へ行くことができたって。お父さんも朝鮮の総督府に勤めておられたから、その年金もあったと聞きました。

戦争体験は一人ひとり違うから、わたしの場合は、好きな人が「殺された」ということが一番悔しく、腹が立ったことです。本を読んでわかったことがあるの。イギリス軍は本国からいろんなものが送られてくるなかに、トイレットペーパーまでひとり何枚と決めて戦場に送ってきたそうね。それを読んでショックだったわ。日本軍はまったく違うでしょ。インパール作戦では、何の補給もなかったという。木や草や虫を食べて下痢ばかりした兵隊たちのことを思うと、胸が張り裂けそうでした。それを読んだとき、ほんとうに悲しかったね。

一九四七年に出版された竹山道雄の『ビルマの竪琴』には、ビルマ作戦が書かれています。同じようにインパール作戦で亡くなった人はほとんどが敗走中でした。赤痢やマラリヤ、そして飢えでした。川土居さんの悲しくて悔しい気持ちがことばの端々に表れていました。大切な人が殺されるための戦争にしか思えなかったのです。日本軍の作戦は「三光作戦」といわれました。「三光」とは、「殺しつくす・奪いつくす・焼きつくす」ということです。大岡昇平の『俘虜記』や『野火』にも敗走し、赤痢やマラリヤで死んでいく兵隊が描かれています。

母の戦争体験を述べましょう。母が真近に大砲を見た写真が残されていました。そ

大連港を見下ろす高台の大砲は、日露戦争のときのもの。3列目右から3人目が母

れは、寺を出て大連に住んでいる彼女の母を訪れた時のことです。写真の裏には、「旅順戦争の跡地」と書かれています。大連港を見下ろす高台です。大きな大砲とともに、母とわたしの祖母が見学に来たときの写真です。当時の大連は、日本の大陸進出の拠点であり、日本の侵略政策、植民地政策を象徴する街だったのです。多くの日本人が住んでいました。母はその大連に一年ほど義父と母と生活し、島根の寺に帰ってきました。戦争中、島根県の寺の生活をしていた母には、「変わらなかった。ただ夜は灯火管制で灯をもらしたらいけん（ダメ）ということはあった。で

もここら辺は何にも変わったことがなかった。敵が攻めてくるわけでもないし、戦争なんてよその話のようだった。食料がないわけじゃないし、食べるものは何でもあるし。お米がないわけじゃないし。疎開に来たということも聞いたことがない。この辺は疎開はなかったと思う。親類に疎開している人はあったかもしれないけど、集団で来ていることもなかった。飛行機がこの上を飛ぶわけでもないしね」と、ほとんど戦争の恐怖などと関係のない生活を送ったようです。それでも、戦争が長引いてくると、供出物が求められました。「まずは釣り鐘。それから唐金、大きな火鉢、鉄鍋、鉄のはがま（炊飯用の釜）。強制的だった。刀は畑に埋めたり、川へ流したりして出さなかった。出していない槍が納戸の天井にいっぱいかけてあったのに、いつどんなふうになくなったかは知らない」と話します。わたしの生家の寺は、かつて藤ヶ瀬《ふじがせ》城の城主だったのです。戦国時代、尼子勝久に攻められ、出家して寺院を創建したといいます。刀剣や槍はその名残だったのです。

しかし、同じ町内の寺院とは「違っていた」と話します。

他のお寺は「裸足参り」をしていたの。裸足になってお宮にお参りしていました。主人（夫）の無事を祈って。それと、どこのお寺にも神棚があったけど、う

1942（昭和 17）年、出雲横田駅に集められた梵鐘の供出式。
（横田町文化協会編『横田歴史写真帖』2004 年より）

ちの寺には神棚はなかった。

母は当時、まだ結婚していませんでしたが、夫が出征しても自分は「裸足参り」をしなかっただろうといいます。それが母にとっての宗教観であり、浄土真宗の教えでした。本願寺で得度し、教師（住職になる）資格を取った自負だったと思います。そんな母が、戦争の怖さを一度だけ体験したのは、教師資格を取ったあと、すぐに自坊に帰らないで、修行のために入った宝塚の寺院でのことでした。

わたしがアメリカの飛行機が

飛んでいるのを知っているのは宝塚の轟摂寺《ごうしょうじ》というお寺に入っていたときでした。轟摂寺は別格の格式の高い寺でした。住職が本山に勤めておられ、本山と宝塚を行き来されていました。ああいう別格の寺の住職さんは御前《ごぜん》さんと呼ばれ、本山の式典部で、年中お経を上げて式典をされていました。

本山に御前さんの用事で行くとき、何度も飛行機をみました。太陽に反射してピカピカピカピカ光って銀色になり、銀翼がきれいだった。きれいだなとみとれていました。そんな戦時中でもわたしはもんぺをはかず、いつも着物を着流していました。

轟摂寺では食事をつくるおばさんがいました。大きな台所でね。境内には大きな伽藍が三つぐらいありました。対面所があって、庭には二面のテニスコートがあって、お茶室もある。まあ豪華な寺で、そのお寺をみるだけでも幸せな気分になったものです。お仏飯（毎朝仏壇に供えるご飯）は廊下のところで別に炊くようになっていました。広い台所には、大きな釜が据えつけてあり、そこで炊き出しをして門徒の人に出されるんだと思う。戦時中だから一切使っていなかったけどね。

空襲があると、多くの避難民が寺に来ましたね。広いところだから、何人も入

戦争中、「興亜生活運動寺院系婦人講座」がお寺で開かれた。
後列右から二人目が母

ることができるの。そのころは宝塚には空襲はなかったです。空が真っ赤になっているときは、神戸が空襲でやられているときでした。

宝塚には予科練生の宿泊所があって、しょっちゅう予科練生のお葬式がありました。特攻隊だったのでしょう。そのお葬式が轟摂寺であると、大きな鍋で炊き出しをして、お葬式に来た予科練生をもてなしていました。ほんとにかわいいかわいい予科練生がお参りに来ていました。

空襲がひどくなって、この様子だったら、宝塚にも来るかもしれないし、横田からも戻れ戻れといわれて、戻ってきました。荷物はそのままにして。知り合いのOさんの弟さんが宝塚のそばにいたので、その人に荷物を頼んでおいて、「後から送ってください」といって、横田に帰ってきました。荷物は後から送ってもらったから、何の被災もなかったことになるわね。

聞き取りした他のみなさんに母の話をしました。どの人も「運がよかったわね。幸せよ。ほんとによかったわね」といってもらったのですが、娘のわたしとしては、三人に申し訳ないような気分に陥ってしまっていたのでした。

島根に帰った母を待っていたのは、戦争とはほとんど無縁の生活でしたが、実態は違っています。自分には関係なかったのですが、祖母のことを覚えていました。

おばあさんは、私と違って外に出て行くのが好きな人だったけど、ほとんど毎日のように駅へ見送りに行っていました。門徒の人だけではなかったです。そのとき、餞別をもっていたので、出征する人への餞別だったの。餞別にいくらお金が入っていたかは全然知らないけど……。モスリンの着物に着替えてさっと出て行くおばあさんの姿をよく覚えています。

地域によって、大きな差があったのです。命を奪われた人、空襲の恐怖に喘いでいた人、疎開生活を送った人、恋人や肉親を亡くした人、そして数少ない人かもしれないですが、母のような生活をしていた人など、さまざまな環境の下で同時代を生きていたのです。

敗戦の日

聞き取りした四人の人の戦時下での生活、環境は違っていても、日本が迎えたのが敗戦です。一九四五年八月一五日をどのように過ごしたのかを聞きました。
赤松さんは、疎開先でした。

疎開先の高原で、「今日は大事な放送がある」ということで、どこだったでしょうか、生徒もみんな集まりましたね。宿舎になっていたお寺で聞いたのではなく、いったんどこかへ集まりました。集まって放送を聞きました。聞いたけど、「玉音放送」と後でいわれていましたが、何をいっているのかわからなかったです。放送の後しばらくして、高原小学校の校長が、「戦争に負けた」といわれ、一同

「ぽかん」としました。信じられない。みんなわからないけども、「戦争が終わったんや、負けたらしい」ということまではわかりました。

わたしはお寺が宿舎になっていたので、班のみんなを連れてお寺に帰ることにしたの。他の人はどうしたのか知らないけど、わたしが動くから班のみんなもついてきました。どんどこどんどこ登って、黙って歩いていました。みんな、子どもも黙ってついてきました。だけど、負けてえらいことになったという思いはなくて、ただ黙ってどんどこどんどこ歩いていたことを鮮明に覚えています。何かうつろなもの、そんなものを感じて、わたしが黙って歩くので、子どもも黙って歩いていて、おんおん泣くわけでもないし、あれは虚無感でしょうね。どこまでもどこまでも黙って歩いた記憶があります。

荒木さんは岸和田市立商業学校で働いていたときです。

事務所におりました。ラジオで「何か」があるというので、時間は忘れましたけど、ラジオの前に集まりました。「ウオオオ、ウオオオ」と、何をいっているかわからなかったです。戦争が終わった、負けたとかは何も知りませんでした。

天皇のことばということはわかっていました。わたしははっきり記憶はないんですけど、ラジオを聞いたという記憶はあるんです。「ラジオで何かあるんやて、天皇陛下のなんかやて」ということで、外に出て誰かに聞いてわかったのです。

戦争が終わったと聞いて、「やれやれ」と思いました。なぜかというと、灯火管制で毎晩暗かったです。女ばかりの家で、家のなかに女きょうだい四人でスコップを使って防空壕を掘って、毎晩そこに隠れました。家族五人が入るだけのこたつをもって入ったことを覚えています。「あんなことをしなくてもいい、もう防空壕に入らなくていい」と思いました。「やれやれ」です。しばらくして、何日かして「負けた」とわかりました。わたしはいまでも「敗戦」というんです。「終戦」とは違う。

負けたと実感したとき、「えらいこっちゃ、アメリカの兵隊がやってくる、女の子はみんな坊主頭にしなければあかん、どこへ逃げよう」と思いました。怖い、「鬼畜米英」と教えられていましたから、何をされるかわからない。とくに女の子は何をされるかわからない。強姦されると考えたんです。女きょうだい四人でしょ。坊主頭にしようか、どこへ逃げようかと。ほんまに怖かった。「鬼畜米英」の兵隊はみんな「鬼畜」だと徹底して教えられていたからね。「悪いやっちゃ、悪いやっちゃ」と、長い間教育されたから、スマートな紳士などと想像もできないし、思ってもいませんでした。

川土居さんは敗戦の日のことはあまりはっきり覚えていないそうです。しかし、前日には日本が勝つ映画を観に行っていたそうです。

わたしは絶対勝つと思っていました。わたしはサイパンとかいろんなところで玉砕と聞いていました。でもどこかに隠し球があって、何か日本がすると思っていました。日本にいなかったから空襲を受けていません。だからほんとうに日本が勝つと思っていました。

八月は夏休みでしょ。一四日の晩に友だちと新聞社に勤めている人と一緒に映画を観に行ったんです。次の日は敗戦なのに。轟由起子という女優さんがスパイになり、ひどい目にあうけど、それでも日本のために働いて勝つ映画でした。それでわたしは友だちと一緒にすごく喜んで、「ワアー」とかいって声をあげて喜んでいました。まさかその次の日が敗戦とは。その日までほんとうにわたしは勝つと思っていたのです。

新聞社の人は負けると知っていたというでしょ。しかし、知り合いの新聞社の人は一切いいませんでしたね。あとから「知っていたよ」といいましたけど。知らないふりして、一緒に映画を観て笑っていたけど。だからわたしはほんとに勝つと思っていたから、青天の霹靂でしたね。
そしてその当日、聞きましたけどね。みんなで「聞いておこうかー」と友だちといっしょに聞いたんです。意味はよくわからなかったです。負けたんやというのはウソやと思いました。あとになって負けたと聞いたときにも、ウソだと思いました。なかなかほんとうとは思えませんでした。

母は出雲市で聞いたそうです。

出雲市で挺身隊の指導員をしていたの。寄宿舎の舎監のような役でした。もちろんラジオで知りました。それから飛行機が飛んできて、ビラをまきました。みんな庭に出てひれ伏しました。それからビラを見たけど、「そんなことはけっしてない、まだ日本は神風が吹く」とみんながいっていました。昔の戦争は神風が吹くと教わっていたから、そういうことがあり得ると思っていました。

それぞれの「敗戦の日」でした。「鬼畜米英」というイデオロギーが徹底して教育されていたことが理解できます。「終戦の詔勅」は理解しにくく、全体で千字に満たない文章(3)でしたが、「爾臣民、それ、よく朕が意を体せよ」(原文は漢字カナ交じり文)と結ばれた大仰な文体は雑音を伴っていっそう聞きづらいものだったでしょう。母のように「神風が吹く」というようなことを信じる教育を社会全体が受け入れていたのです。しかもなお、「詔勅」は、「交戦を継続せんか、ついに我が民族の滅亡を招来するのみならず、人類の文明を破却すべし。かくの如くんば、朕、何を以てか、億兆の赤子を保し、皇祖皇宗の神霊に謝せんや」と、まるでだれが戦争の当事者であったのか判明しないようなことばで語られていたのです。「みんなにウソばかりついて戦争をしてきて申し訳ありません」というべきだったでしょう。

敗戦までの歴史

戦争はよく聞き取れない「玉音放送」の意味不明のことばでもって終わりました。赤松さんは、栄養不良の子どもたちと学童疎開先で聞きました。荒木さんは、父を亡くし女ばかりの家族になって聞きました。川土居さんは、愛しい人の戦死も知らずに聞きました。母は、挺身隊の舎監を務めるなかで聞きました。戦後、「玉音放送」を文字で読んだとき、みなさんは、放送の内容を知っていっそう驚かれたことでしょう。

みなさんの青春時代は、天皇制国家の臣民であり、まさに戦争の時代だったのです。敗戦までの歴史を略年表にしてみました（各項目の説明は、〈一九二〇年代という時代〉の略年表と同じ資料と、新しく参照したのは、フェミローグの会編『フェミローグ3』「日本のアジア侵略を問う」等を一部引用及び参考にして作成）。

一九二六（大正一五）
　大正天皇死去。

一九二八（昭和三）
　三澤法子さん小学校入学。
　初の普通選挙実施。
　張作霖爆殺事件――中国の軍人・政治家であった張作霖が奉天（いまの瀋陽）に入ろうとして関東軍の陰謀によって列車爆破で死亡。日本では「満州某重大事件」と呼ばれたが、事件の真相は隠された。関東軍は満州国建国の障害になるとして国民党の犯行にみせかけて暗殺した。

一九二九（昭和四）

赤松まさえさん小学校入学。

世界恐慌始まる——アメリカで始まり世界に及んだ。日本では、関東大震災、昭和金融恐慌によって弱体化していた日本経済が危機的状況に陥った。

一九三一（昭和六）

荒木タミ子さん小学校入学。

柳条湖事件——満州事変の発端となった事件。これから一九四五年の敗戦までを一五年戦争ともいう。関東軍が南満州鉄道の線路を爆破したが、関東軍は、これを中国側の張学良ら東北軍による破壊工作と捏造。満州（現中国東北部）全土を占領。

一九三二（昭和七）

「満州」国建国宣言——一九四五年まで日本の傀儡国として存在。現在の東北三省（遼寧・吉林・黒竜江）と内蒙古自治区にわたる。

一九三三（昭和八）

川土居久子さん小学校入学。

一九三七（昭和一二）

盧溝橋事件——日中戦争の発端となった事件。盧溝橋付近で演習中の日本軍が銃撃をうけ、これを不法として中国軍（国民党政府）を攻撃。日本では「支那事変」と称した。

南京虐殺・レイプ事件——日本軍が南京を占領したあと、私服兵や敗残兵を捜し連行した。その際市民も連行し、集団虐殺した。また、日本軍は集団であるいは個別に中国人女性をレイプした。

一九三八（昭和一三）

「国家総動員法」公布——人的および物的資源を統制し運用する広汎な権限を政府がもった法律。

一九三九（昭和一四）

ノモンハン事件——日ソ両軍が国境紛争で交戦し日本軍が大敗した。

一九四〇（昭和一五）

大政翼賛会発会——第二次近衛内閣の下で結成された国民統制組織。

創氏改名始まる——朝鮮での皇民化政策の一環として、朝鮮人を日本式の名前に変えさせる。

一九四一（昭和一六）

真珠湾攻撃――一二月八日未明に日本海軍がハワイオアフ島真珠湾のアメリカ海軍の太平洋艦隊と航空基地に行った奇襲攻撃。「太平洋戦争」が始まる。

一九四四（昭和一九）

朝鮮で徴兵制施行。

学徒勤労令・女子挺身勤労令――戦争下における労働力不足を補うため学生・生徒に対して強制された勤労動員。中等学校以上のほぼ全員を軍需工場などに動員。女子は挺身隊として動員。

一九四五（昭和二〇）

東京大空襲と大阪大空襲――三月一〇日東京。死者約一〇万人、焼失戸数約二七万戸。十三日大阪。

広島・長崎に原爆投下――広島は八月六日。約一四万人の死者。長崎は九日。約七万人の死者。

ポツダム宣言受託――七月二六日、ポツダムにおいて米・英・ソ・中国が日本に対して発した共同宣言を受託。軍国主義指導勢力の除去、戦争犯罪人の厳罰、連合国による占領、日本領土の局限、日本の徹底的民主化などを規定。

終戦の詔勅（玉音放送）――八月一五日。

赤松まさえさん二四歳。

荒木タミ子さん二三歳。

川土居久子さん二〇歳。

三澤法子さん二五歳。

一九三一年の柳条湖事件を契機として一九四五年の敗戦まで、戦時体制は止むことなく続いたことになります。この間を子どもから少女へ、そして大人として生きてきた四人の聞き取りをして、しみじみと感じたことは、よく無事にみなさんが生きてこれたという何か不思議な気持ちでした。

敗戦国日本は、アメリカから女性的とみられました。ジョン・ダワーはその姿を「昨日まで危険で男性的な敵であった日本は、一度のまばたきのうちに、白人の征服者が思い通りにできる素直で女性的な肉体の持ち主へと変身した[4]」と記しました。それはまた、全体主義からの解放でした。

わたしが学生時代に学んだ近代日本の歴史は、上記の略年表の項目だけを記憶する程度の教育でした。日本および日本人として「戦争責任・戦後責任」という問いに応えることもない歴史（近代史）教育でした。そこでは、戦争の「加害者」という立場は消去されており、戦争の指導者たちもだれひとりとして自らの戦争責任を表明してこなかったといえます。「東京裁判」という場がなかったら、いったい戦争責任者はどのように自らの戦争責任を自問したことでしょう。それは「無責任の体制」と名づけられた天皇制国家の体制そのものを受け継いだ歴史意識といってもいいでしょう。

敗戦後、天皇制国家の論理と心理を鋭くえぐった論文が、まだ紙も十分にない一九四六年五月に創刊されたばかりの雑誌『世界』に発表され、日本の知識人たちを覚醒させました。丸山眞男の「超国家主義の論理と心理」です。丸山は、そのなかで天皇制国家には「公権的な基礎づけが欠けていた[5]」と分析しました。つまり、そのことが「国民の政治意識の今日見られる如き低さ」を表しているというのです。近代日本の政治意識の低さをいったものです。丸山のいう「公権的な基礎」というときの「公」とは、昔からいわれてきた「お上」ということではありません。むしろ逆なのです。柄谷行人さんはカントの『啓蒙とは何か』という本から「公務員の「公」に対して、カントがいっている「パブリック」というのは、いわば一般性に対する普遍性のことなんです[6]」といっています。つまり、自由な考え方や価値観を〝国民〟が共有することなのです。それは、国という枠に拘束されず、また拘束しないことです。天皇制国家の抑圧する機能や権力から自由な意志で生きる生き方や思想をいっているのです。だからそれは日本だけに通じるものではなく、世界に通じなくてはなりません。戦争のときに叫ばれた「八紘一宇」(世界をひとつの家とすること。日本の海外侵略を正当化する意味に使われた)などは、わたしたちの「公権的な基礎」を否定し、国に隷属させた独断で偏狭なスローガンだったのです。丸山は、そうした「公権的な基礎」の欠如の結果、国民の政治意識が育たなかったというのです。そしてそのような心理を生み出したのが、近代日本の天皇制国家だったのです。

確かに「公権的な基礎づけ」が明確ではなかったのです。だからこそ、戦争責任を問われてもだれひとり明白に応えようとしなかったといえるのかもしれません。そこには、個人の自由な主体も存在しなかったのです。「御真影」を崇める国民であればよかったのです。そして「撃ちてし止まむ」というスローガンに鼓舞されていたのです。

わたしが、「加害」の責任をもつ戦争であったと知るのは、女性学との出会いからの学びでした。歴史教育（日本の近代史）に「加害」の責任を探求することがいかに重要かを知らされました。つまり、それまでに学んでいたわたしの教育の本質は、聞き取りをしたみなさんがいわゆる「軍国少女」として教育されていたという当時の教育体制とあまり変わらない教育であったといえます。それは、軍靴に代わって市場原理が新たな「軍靴」となった程度の変化であり、戦後もまだわたしたち日本人の「公権的な基礎」は未熟なままであるといえるかもしれません。右派のバックラッシュは、そうした未熟さを露呈していると実感するのです。

註

(1) 李孝徳『表象空間の近代―明治「日本」のメディア編成』新曜社、一九九六年、二三一頁
(2) 多木浩二『天皇の肖像』岩波書店、二〇〇二年、一七九～一八〇頁
(3) 「終戦の詔書」（原漢字カナ交じり）
朕《ちん》深く世界の大勢と帝国の現状とに鑑み非常の措置を以て時局を収拾せむと欲し茲《ここ》に忠良なる

爾《なんじ》 臣民に告ぐ
朕は帝国政府をして米英支蘇四国に対し其の共同宣言を受諾する旨通告せしめたり
抑々《そもそも》帝国臣民の康寧《こうねい》を図り万邦《ばんぽう》共栄の楽を偕《とも》にするは皇祖皇宗の遺範にして朕の拳々《けんけん》措かざる所曩《さき》に米英二国に宣戦せる所以も亦実に帝国の自存と東亜の安定とを庶幾《しょき》するに出て他国の主権を排し領土を侵すが如きは固より朕が志にあらず然るに交戦已に四歳を閲し朕が陸海将兵の勇戦朕が百僚有司《ひゃくりょうゆうし》の励精朕が一億衆庶の奉公各々最善を尽せるに拘らず戦局必ずしも好転せず世界の大勢亦我に利あらず加之敵は新に残虐なる爆弾を使用して頻に無辜《むこ》を殺傷し惨害の及ぶ所真に測るべからざるに至る而も尚交戦を継続せむか終に我が民族の滅亡を招来するのみならず延て人類の文明をも破却すべし斯の如くは朕何を以てか億兆の赤子を保し皇祖皇宗の神霊に謝せむや是れ朕が帝国政府をして共同宣言に応ぜしむるに至れる所以なり
朕は帝国と共に終始東亜の解放に協力せる諸盟邦に対し遺憾の意を表せざるを得ず帝国臣民にして戦陣に死し職域に殉じ非命に斃《たお》れたる者及其の遺族に想を致せば五内《ごない》為に裂く且戦傷を負ひ災禍を蒙り家業を失ひたる者の厚生に至りては朕の深く軫念《しんねん》する所なり惟ふに今後帝国の受くべき苦難は固より尋常にあらず爾臣民の衷情《ちゅうじょう》も朕善く之を知る然れども朕は時運の趨《おもむ》く所堪へ難きを堪へ忍び難きを忍び以て万世の為に太平を開かむと欲す
朕は茲《ここ》に国体を護持し得て忠良なる爾臣民の赤誠《せきせい》に信倚《しんい》し常に爾臣民と共に在り若《も》し夫《そ》れ情の

激する所濫《みだり》に事端を滋《しげ》くし或は同胞排擠《はいせい》互に時局を乱り為に大道を誤り信義を世界に失ふが如きは朕最も之を戒む宜しく挙国一家子孫相伝へ確《かた》く神州の不滅を信じ任重くして道遠きを念《おも》ひ総力を将来の建設に傾け道義を篤くし志操《しそう》を鞏《かた》くし誓て国体の精華を発揚し世界の進運に後れざらむことを期すべし爾臣民其れ克《よ》く朕が意を体せよ

(4) ジョン・ダワー『敗北を抱きしめて』岩波書店、二〇〇一年、一七六頁

(5) 丸山眞男「超国家主義の論理と心理」『丸山眞男集』第三巻、岩波書店、一九九五年、一八頁

(6) 柄谷行人「再びマルクスの可能性の中心を問う」『文学界』文藝春秋、一九九八年八月号、一九三頁

第三章

戦後の生活

赤松さんは疎開先の高原からすぐに帰ることはできませんでした。

――敗戦後の生活

秋頃までいましたね。みんな「早く帰りたい帰りたい」といいながら、シラミのついた下着や洋服の洗濯をし、帰ってきたのは九月だったかもしれません。足を引きずって帰ってきました。皮癬が柔らかいところにできていたでしょ。痛くて痛くて。すぐに学校が始まっていたかどうか覚えていないんですが、やがてみんな学校へ行ったと思います。

帰ってきたときには闇市ができていました。ほんとに食べるものはなく、みんなが貧しかったです。

戦後の貧しさは、日本が戦争に負けたからおこったのですが、それだけでは単純すぎると、ジョン・ダワーは指摘します。「ひどい不作、戦後の指導体制の混乱・腐敗・無能といった要因に加え、天皇の負け戦が絶望的なまでに長期化したことがその主たる原因であった。日本が降伏した時点ですでに、日本人の過半数は栄養失調であった」(1)。

多くの日本人が「戦争に負けたから貧しい」とだけ理解したことでしょう。日本人が自らの戦争責任に向かうときのひとつの問題点が、ここには指摘されています。少し理論的な叙述になりますが、前掲しました丸山眞男の論文には「我こそ戦争を起したという意識がこれまでの所、どこにも見当らないのである。何となく何物かに押されつつ、ずるずると国を挙げて戦争の渦中に突入したというこの驚くべき事態は何を意味するか。我が国の不幸は寡頭勢力によって国政が左右されていただけでなく、寡頭勢力がまさにその事の意識なり自覚なりを持たなかったということに倍加されるのである」(2)と書いています。「寡頭」とはごく一部の人たちという意味です。それは、国政を預かる軍人や政治家や官僚たちであり、彼らは、自己はもちろんのこと他者に対しても無責任としかいいようのない非歴史的な意識で国を戦争に導いていたのです。そして、そうした非歴史的な意識の構造は、戦後も変革することなく続いているのです。ジョン・ダワーが「女性的な肉体の持ち主」と書いた意味も、彼らの国の文化と相対したときの表現であったのでしょう。もとより、「女性的な肉体」という表現はジェンダーの視点から批判しなければなりませんが。

赤松さんが、童話を書き始めるきっかけは、貧しい生活を強いられ、不安と寂しさに動揺する子どもたちを慰めたい、子どもたちに夢をもたせたい、楽しませたい、そして何よりも考える力をつけてほしいという思いからでした。

疎開に行っているときに何もない、食べるものもないけど、本もない、音楽もない、〝出まかせ〟のつくり話をして、子どもたちを喜ばそうと思いました。毎日泣いている子もいました。寒い季節に行ったので、みんな寒さに耐えつつ我慢していました。そんなときにお話をつくって話したのです。

童話によって子どもたちに夢をもたせたい、考えさせたい、そして楽しませたいという思いもあったし、自分自身が好きでした。ほんとうの生き方とは何かということを子ども自身がみつけてほしいと思いました。それからは障がい者の問題を通してとか、いろいろな事象を通して伝えたいと願ってきました。これからも心を動かす物語を書きたいなあと思っています。

赤松さんの目は、疎開先の子どもたちにつくり話を聞かせた優しいまなざしとなっていました。わたしも「もっと聞きたい」と思いました。

荒木さんの戦後はどうだったでしょう。

それはひどかったですよ。戦争中はもっとひどかったですが、戦後も食べるものがなくてしんどい思いをしました。わたしは街に住んでいたから、それこそお米が一ヵ月間ないときがありました。たまに手に入ったら、おかゆにして、うすくのばしてみんなで分け合いました。トウモロコシを「ポン」したものを、一〇粒ほどお椀に入れて、お塩を入れてお湯を入れて、それがご飯だったりね。「ポン」としたトウモロコシは配給だったと思います。

その頃、トイレは汲取りだったでしょ。農家のおじさんが毎月、荷車に肥桶を積んで汲取りに来てくれます。そのおじさんのところで、私の家は女世帯だから着物を食べ物に交換してもらったんです。最初は着物、しまいにはわたしたちの勉強机までもって行って、いささかのお米、いささかのお芋に換えてもらっていました。

着るものもなかったし、砂糖もなかった。何もなかったけれども、戦争が終わったという「解放感」、それはものすごく感じました。敗戦後、だれも戦争の「せ」もいわない。子どもたちも明るいし、私もルンルンでした。お友だちと遊んでいました。

敗戦時の食糧事情は、想像を絶する厳しいものでした。路上で飢え死んでいく人もあったのです。池元有一さんは、そうした敗戦時の食糧事情について、「一九三七年と四五年を比較して米の作付け面積は約九割、単位当たりの収穫量は三分の二以下まで低下していた。そのうえ、食糧供給基地であった朝鮮半島や台湾、満州などの（米の消費の二割をまかなっていた）植民地の喪失と「復員」による人口増（戦後二年間で自然増も加えて約六〇〇万人増）が追い打ちをかけた。さらに一九四五年は水稲の作況指数六七という未曾有の凶作であり、農家の供出意欲低下と食糧管理政策に関する官庁間の対立もあり食糧事情はますます逼迫の度を加えた」(3)と書いています。こうしたひどい状態にあったのです。人々は闇市や荒木さんの家族のように農家の人との物々交換に頼るほかなかったのです。統制経済は破綻していたのです。にもかかわらず、せっかく買ったり交換で得られた「闇米」を警察に没収されることもあったのです。

荒木さんが遊んでいることができた時期はそう長く続きませんでした。荒木さんは働き始めるのです。

最初は岸和田の中学校で助教諭として働きました。そのときの話です。新制中学校ができたばっかりです。学制が新しく変わり、教師が必要だったんです。新しい学校が突如できる。男たちは戦争でおりません。戦死した人も多いです。だからでしょうか、だれでもよかったんです。資格がなくても。たまたま親戚が中学校で教頭をしていました。「いま、何してるのや。先生が足らへんから来てくれんか」といわれ、家の近くの中学校だったので、助教諭として勤め始めました。資格も学歴もなくてもいけたんです。わたしができるのは音楽とダンスぐらいしかできないといったら、「それをやってくれ」ということになったのです。音楽は好きやし、教会でオルガンを弾いていました。ダンスはフォークダンスを習っていたし、フォークダンスを教えるために全国を回っていました。わたしもダンスが好きでした。はじめは校舎もないし、小学校の部屋を借りていました。急に中学校なんて建てられません。何年か先生をしていました。子どもが好きですから、一生懸命やりました。

新しい学校制度は、小学校六年、中学校三年が義務教育となり、現在の六三三制になりました。荒木さんの話し方からは、教室もないし、きっと教材も十分ではなかったに違いないのですが、ほんとうに楽しそうな授業が浮かんできます。子どもたちに一生懸命教えていた姿が伝わってきます。
敗戦を朝鮮で迎えた川土居さんは、日本へ帰国するところから戦後が始まりました。

一九四五年の一〇月だったと思います。博多に上陸して、父のふるさとが米子《よなご》でしたから、米子に向かいました。「切符」はタダでした。列車を乗り継いで米子へ帰りました。一面焼け野原になっていた広島をみた記憶があるから山陽線を通って行ったと思います。

話を聞きながら、思わずわたしは、「それは、広島から芸備線に入り、木次《きすき》線を経由して米子に行く線です。木次線は、わたしの故郷の駅を通ります。わたしの故郷の駅は出雲横田です」といっていました。広島と米子をつなぐ急行列車が走っていました。小学生の時、母に連れられて、戦後「大連」から引き上げ、広島に住んでいた祖父母のところに遊びに行ったことを思い出しました。
川土居さんの話に戻りましょう。「それから何年か経って、わたし、やんちゃやったから密航して朝鮮へ行ったんですよ」という恐ろしい話が飛び出してきました。

どうしても行きたくて。大切なものがいっぱい残っているから。わたしの友だちはもう四回行ってきたというのよ、上手にね。それを聞いた母が、「あなたの友だちのNさんも行っているのに、あなたは甲斐性なしや」というの。それで妹を誘って鳥取県の県庁へ行って、ウソだったのですが、「まだ向こうに親戚が残っているから行かせてください」といったの。そしたら係の人が優しいのよね。「日本にいた朝鮮人がいまから引き揚げるから、朝鮮人としていっしょに連れて行ってもらいなさい」といって証明書を書いてくれました。

いわれるとおりに下関から釜山に渡りました。釜山では「どうも日本人くさい」と係官にみつけられ、わたしと妹を別々に尋問しました。わたしたちは口裏を合わせていなかったので、日本人だとばれてしまいました。でも、その係官は優しくて、笑いながら「わかった、わかった」といって、夜一二時に出る貨物列車に乗って大田へ行くように計らってくれました。朝、大田に着き、もとの家に行くと、見知らぬ人が住んでいました。何にもいえなくて、日本人世話人会へ行って、そこでこっぴどく叱られました。「せっかく帰ったのに、何でまた戻ってくるのか」と。

そのころは大田にもアメリカ兵が駐留していて、夜間外出は禁止になっていま

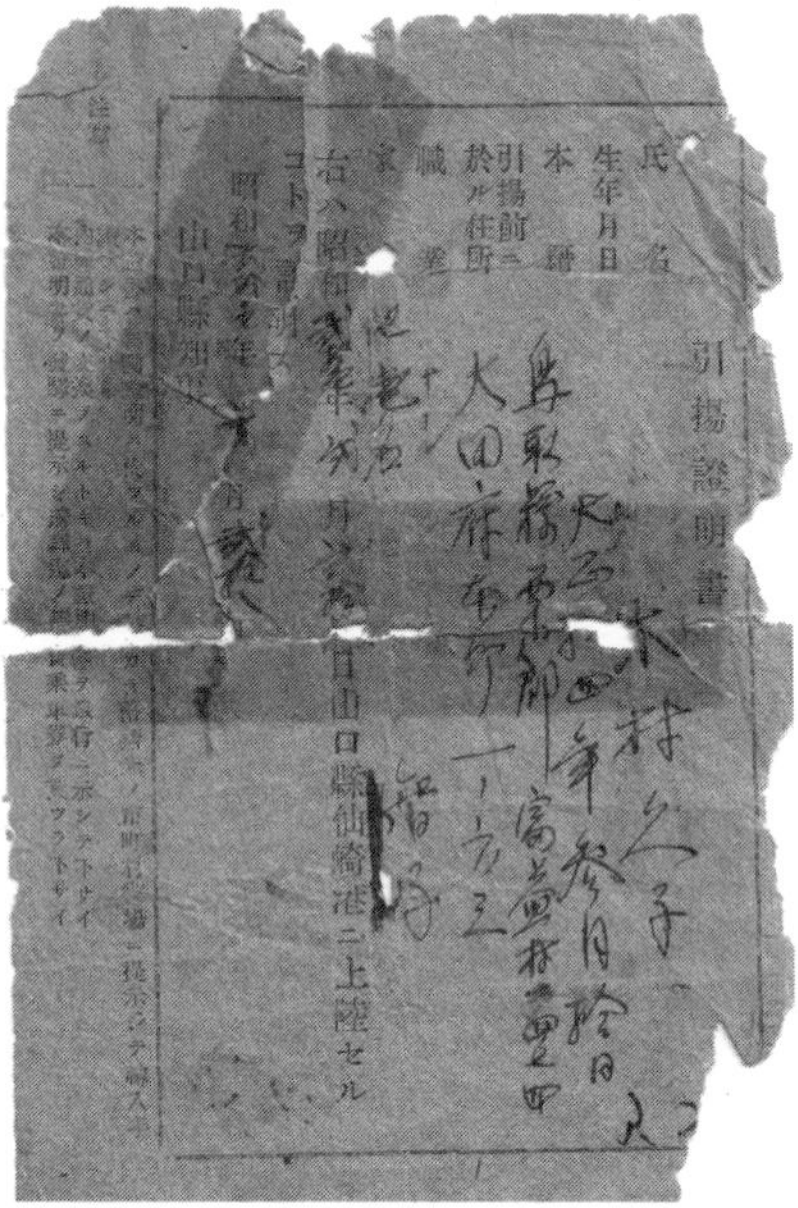
引揚證明書
氏名
生年月日
本籍
引揚前ニ於ケル住所
職業
家族
右ハ昭和　年　月　日山口縣仙崎港ニ上陸セルコトヲ證明ス
昭和　年　月　日
山口縣知事

二度目の「引き揚げ」（山口県仙崎港）のときの証明証

した。

その間、母とは音信不通です。母は、もうわたしが死んだと思って泣いてばかりいたんですって。そのときの引き揚げ証明書が出てきました。ほんとにボロボロになって……。行って帰ってきたときは仙崎（山口県長門市）に上がり（上陸）ました。そこで、引き揚げ者には帰省のためにタダの切符をくれるんです。どこへでも行ける。その切符をもってあちこち旅行しました。その頃、お金はありました。だけど、お金が封鎖になって、お金に証紙をはらないと使えなくなりました。その証紙は役場でもらいましたが、一人にいくらと決まっていました。この制度はすぐになくなりましたが。遊んで遊んで……。アルバイトでイギリス軍のキャンプに勤めたり、いろんなことをしていました。でも「こんなことをしてたらあかんわ」と思って、関西に仕事があったからこちらに来たんです。

米子には一九四八年一〇月ごろまでおりました。その年の八月に大阪府泉北郡忠岡町に仕事があるからと紹介してくれた人がいました。貝塚の北校で先生が一度に辞めたので、先生を捜していたのです。わたしは教員免許状はもっていたので、「すぐに来て」といわれ、一〇月から貝塚の小学校に勤めました。

妹もいっしょに来ました。母はあとからかたづけて来ました。母は米子が嫌いで性に合わなかったのですね。金沢の生まれでした。自分の生まれたところとは違うし、父のふるさとだし、ことばは違うし。雪国は似ていますけどね。でも、やはり風土が違うのよね。米子の人はいい人だったけど、母には向かなかったようです。

川土居さんは小学校に勤めることになり、大阪での生活が定着します。川土居さんにとって、小学校教師は大きな転機となったのです。本書のテーマである「分岐点」になるのです。部落問題との出会いです。それは次章で紹介しましょう。

母の戦後は、生家での生活が待っていました。

生家の横田へ戻りました。軍属も皆解散していました。敗戦国だから仕方がないと思い、これからは自分の家を守るしかない、寺を守るしかないと思いました。祖母のもとで生きるしかなかったの。買い物も料理もみんな祖母でした。わたしは「お嬢さん」で育てられました。

両親が離婚し、母親が出て行った寺では、祖母のもとで生活するしかなかったのです。その後、「寺を守る」ために、わたしの父と結婚したのです。当時は見合い結婚があたりまえです。父は広島県の山村の寺の次男でした。母は、住職になる人と結婚したのです。そして、「坊守」として戦後を生きてきたのです。

一九四六年に結婚し、あくる年にはわたしが生まれました。まさに戦後ベビーブームの落とし子です。山奥の田舎町でしたが、友人が多い世代です。三年後には弟が生まれました。跡継ぎが生まれたということで、曾祖母が非常に喜んでいたことを記憶しています。曾祖母は、「男の子が生まれたと近所に触れ回った」とわたしにも話しました。女として生まれたわたしは傷つきました。長男を跡継ぎとする家制度が、わたしの寺では当然のこととして受け継がれていたのです。曾祖母の夫も病気がちで早く亡くなったので、長い間、男子が誕生しなかったのです。弟の誕生は格別な喜びだったのでしょう。家制度、男性中心をあたりまえとしていた曾祖母です。両親もまた当然のようにそういう文化を受け継ぐ人でした。

後に、弟と忌憚なく話ができるようになり、酒を酌み交わしながら彼がいったことばは印象的でした。「姉貴がうらやましかった。自由に何でもできるから……」と。わたしは大事にされる弟がうらやましかったのに、世の中はなかなかうまくいかないものだと思ったことです。曾祖母と両親のジェンダーバイアスが、二人の子どもにそれぞれ縛りをもたらしていたのです。曾祖母はわたしが高校三年生まで生きていました。それだけに影響も大きかったのです。

──それぞれの人生

赤松さんの仕事は小学校の教師でした。その「姿勢」はわたしが出会った小学校ですぐにわかりました。管理職になるよう再三勧められるのを拒否し、児童と接することを第一に考える人でした。自分の母校である小学校に赴任したときの話です。

一九四七年に崇仁小学校から住吉小学校に転勤しました。住吉小学校はわたしの母校でしょ。好きだったのです。そのころ講堂が板敷きでした。その板敷きが汚くてね。水をまいて、甲板掃除をしたんです。それと、遅くまで教室で残っていた子どもとよく話をしたりしました。帰るころにはもう誰もいないときがありました。わたしはそれほど子どもに熱中していたんだと思います。運動場で野球をしたことも記憶にあります。

定年を迎える八年前には新たに知的障がい児の学級を自ら志望して、その担任をもつことになったのです。

知的障がい児との関係は、定年後に作業所造り、そして作業所の子どもたちとのつながりをつくります。そして、ライフワークとなった童話作成の新たな出発点となるのです。これまで『みんなのたんぽぽがっきゅう』『あかいりんご』(いずれも、けやき書房刊) など多くの作品を書いてきました。そして、二〇〇七年、知的障がい者をテーマに「総仕上げの気持ちで書いた」という『たんぽぽ たんぽぽ』ができあがりました。「あとがき」に赤松さんは次のように書いています。

1987年から伏見共同作業所の所長をつとめた赤松さん。障がい者自立支援のバザーで

「どこで、暮らすにせよ。輝いて生きていってくれよ。心配いらんぞ。さあ、わしも、がんばらにゃあ」

大森所長の声が、きこえてきそうです。

今日も、たんぽぽ野原には、たくさんのたんぽぽたちが、それぞれ、かわいいはなをつけて、ひとつ、ひとつ輝いて、ゆれています。

理解ある暖かい社会の中で、共に働き、共に生きることを夢みて、ゆれています。

『たんぽぽ　たんぽぽ』のなかに登場する「たんぽぽ」は「みどり作業所」

の仲間です。そして、作業所の「大森所長」は赤松さんの化身ともいえます。

「タンポポはなあ、綿毛といっしょに、種を遠い所まで、とばんすや。〝芽をだせよ、大きい花、咲かせろよ〟いうてとばんすやで。とんでいった種は、土の上におちて、しっかり根をはり、芽をだして、きれいな花を咲かすんや。タンポポの会のみんなも、それぞれの場所で、元気に、楽しく働いてくれよな」

「大森所長」は「タンポポ」の仲間たちの社会的位置の転換をめざします。それは、「この子らに世の光を」から「この子らを世の光に」という転換です。障がい者をネガティブ（消極的）な存在だと自明視していることへの異議の表明です。そして、すべての人が「タンポポ」の仲間であり存在として輝くのです。

作品は、障がい者の子どもたちと直に接してきた赤松さんにしか書けないものです。彼女の家へお邪魔すると、何時間かのうちに、毎回必ず電話が鳴ります。赤松さんの応対する声ですぐわかるのは、作業所の子どもたち、そして、作業所を終えて親が亡くなったり世話ができない子どもたちが入所している施設からです。子どもと書きましたが、もう四〇歳、五〇歳を超えた人もいます。それでも赤松さんからすると、いつまでも子どもなのです。電話の内容を聞くと、いつもたわいのないものばかりですが、子どもたちが赤松さんをいかに慕い、恋しく思っているかが伝わってきます。毎年それぞれの子どもにおみやげを用意して施設に会いに行く赤松さんが、今年も訪ねて行った話をしました。

いま七人が入所しているけど、行ったらみんなが駆け寄ってきてねえ。たいしたものではないけど、わたしがつくった袋にお菓子を入れたおみやげを渡すと、胸に抱えて喜んでくれるの。そして、帰り際には、「先生、元気でな。来年もきっと来てな。来年もやで。約束やで」というのよ。

その姿をわたしは想像することができます。そのうちの何人かは、わたしが小学校の教員をしていた時代に知っている子どもたちです。三〇年以上経過しているので、ずいぶん変わっていると思いますが、小学校の頃の顔が思い浮かびます。

赤松さんは、八七歳になった現在も、作業所のバザーや行事には朝早くから一日中参加します。帰宅して「疲れた」といいながらも、その顔には子どもたちの元気な姿をみてきた満足感が漂っています。

知的障がい者の子どもたちとのつながりは、同時に保護者との密接な関係を築いてきました。しかし、そんな保護者も高齢となり次から次へ亡くなっています。作業所で働く子どもたちの行く先は施設しかありません。

『たんぽぽ　たんぽぽ』にそのことが描かれています。「井上幸子さん」が登場します。四九歳の幸子さんは「みどり作業所」に通っていました。八〇歳の母親と二人で生活していましたが、母親が頭の手術をしなければならなくなります。幸子さんには結婚した兄がいますが、別のところで暮らしています。手術が成功しても母親が幸子さんの世話をすることができないと判断して、幸子さんは「つつじ園」という施設に入所することになります。母親の手術はうまくいったのですが、幸子さんは、作業所から知らない「つつじ園」に行くことを嫌がります。でも、そこには作業所の先輩もいると知って、入所します。お正月と五月の連休とお盆の三回は家へ帰ることができます。

幸子は、年に三回、つつじ園から家へ帰ってくるのですが、帰ってきたら、すぐわかります。

「しょちょうさん、いま、いえへかえってきましたんや。一しゅうかんほど、ここにいます」

と、電話が、かかってくるのです。

つつじ園へ、もどるときも、すぐ、わかります。

「しょちょうさん、ほんなら、これから、つつじえんへかえります」

家へ帰る。つつじ園へ帰ると、どちらも帰る、帰るといっている幸子は、両方が家だと、思っているようです。

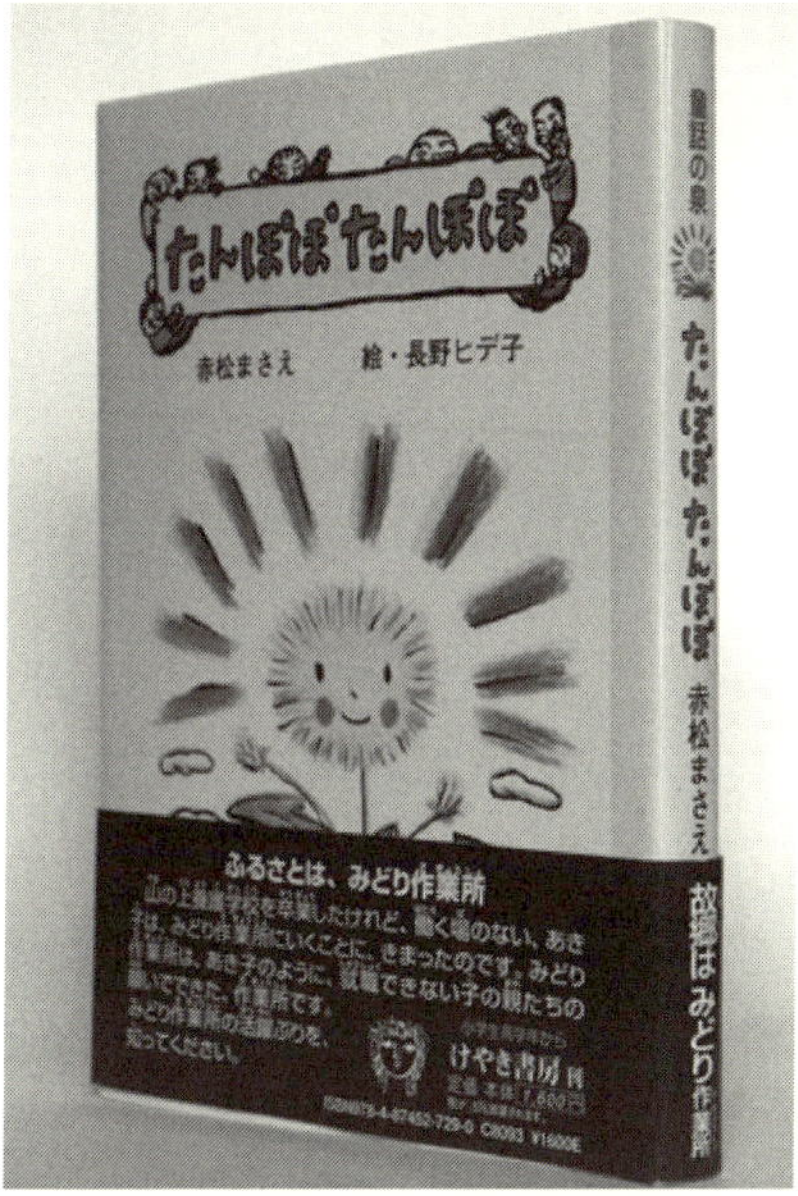

『たんぽぽ たんぽぽ』は、赤松さんの知的障がい者とともに生きてきた集大成といえる作品

　日本の社会は、ほんとうに障がい者に対して普通の社会であるでしょうか。障がい者の人とともに生きる関係を築いてきたのでしょうか。「この子らを世の光に」という大切な存在者としてきたのでしょうか。知的障がい

をもつ子どもたちに寄り添ってきた赤松さんの慈しみのある目には、そんな冷たい社会を厳しくみる目があります。

荒木さんはいろいろな仕事をしていますが、そのなかから特筆すべき仕事を挙げたいと思います。荒木さんの仕事の「姿勢」に一貫しているのは、働く女性のために、ということです。一九六四年には、大阪府立勤労婦人ホームの館長に就任します。勤労婦人ホームは、就職する子どもたちを「金の卵」といった時代に、地方から働きに来た若い女性たちの生活をサポートする施設です。

大阪府全部の女子労働者を対象にした労働福祉の施設ですが、その頃の政府の福祉の考え方は、労働力確保のためだったのです。人を「労働力」としかみないのです。そのためになんとしても離職させないように、仕事が終わってから遊ばせたり勉強をさせたりするのです。そういう生活面でサポートしようというのですが、わたしにいわせると、動機が不純です。そのことがわかってからは、反対に労働者側に立って、二五年間、経営者側と闘い続けました。全国組織をつくり、会長を三年間やり、労働省とも闘いました。若年女子労働者のみを対象とした

「労働福祉施設」はどこにもない分野でした。事業を重ねていくなかで、福祉には教育を基盤に据えることの重要さに気づきました。労働者への教育です。その目的を達成するためのひとつに「寮母学校」をつくったのです。その頃、ユニチカでは三三〇〇人の女性が働いていました。ほとんど寮生。二交代で仕事をするの。ユニチカ以外に五〇〇〇人ぐらいの規模からほんの数人の会社が何百とありました。

ふじんほうむ
1965・1

1965年、岸和田に開設した「働く婦人の家」の機関誌として創刊された『ふじんほうむ』の創刊号

働いている人にとって、友だちがいないことが一番の問題だったのです。そんな孤独な「女工さん」をおじさんたちがねらうのね。そうした関係で妊娠する人もいたのです。そういうとき、会社が中絶の費用を出してくれ

るんです。そんなことがおこらないために、保健所から梅毒や淋病や中絶シーンもあるフィルムを借りてきて、寮を回って上映会をしたのです。フィルムを見せながら話をしました。いまでいう性教育です。

そのとき寮母と知り合うことになりました。いろいろな寮母がいて、寮母によって寮生の生活態度が違うこともわかりました。夫が亡くなって勤めていた寮母とか学校の先生をしていた寮母もいました。寮母になるには資格がいらなかったのです。しかし、そのために寮母の実態はバラバラです。「これではいかん」と思い、「寮母学校」をつくろうと思ったのです。各会社や大阪府に企画を出したら、どうぞやってくださいということになりました。たくさんの寮母が来て、朝まで話が尽きないの。彼女たちは経営者と寮生との板挟みになっていたのです。寮生はそんな彼女たちのはけ口にもなっていました。

寮母学校ができて、学ぶことによって彼女たちが自分たちでグループをつくって、自主的に勉強をやっていけるようになりました。そんななかで、経営者から「お宅の寮母学校に出したら、その後、寮母が寮生の味方をしてきた」と文句をいってきました。わたしはしめしめと思いました。でも一方でわたしはすごく悲しかったの。この程度の経営者がいっぱいいるということです。寮母が寮生の側

地方から就職してきた新規就職者の歓迎会であいさつする荒木さん

に立って成長してくれたことがうれしかったです。

一九六三年に中学校を卒業したわたしは、「金の卵」をよく知っている世代です。中学校を卒業すると同時に集団就職する同級生を見送っていたのです。卒業式の前後だったと記憶するのですが、だれかの出発する日が決まると連絡があります。紙テープを買って駅に行くのです。ほとんどの友だちが大阪府南部に行くと聞きました。紡績工場です。汽車に乗った友だちにわたしたちの紙テープを渡します。相談したわけではないのに、いろいろな色の紙テープがゆっくりほどけていき、汽車がスピードをあげるとともにスルスルスルとほどけていく感触をいまも覚えています。白い煙を吐きながら遠くになっていく汽車。そして、七〇〇メートルぐらい先の曲がり角を過ぎると、わたしたちはプラットホームから去る決心がつくのです。プラットホーム上で繰り返される親子の涙の別れ。島根県の奥出雲地方出身者である中卒者は、とくに方言がきつく、ことば数も少なく、黙々と働く「金の卵」として重宝がられたのです。荒木さんが関係された寮に入った友だちも必ずいたはずです。

荒木さんの「分岐点」は、このように戦後の女子労働とのかかわりから生まれたといえます。

川土居さんは、戦前朝鮮で生活したことが、戦後もずっと気にかかっていました。戦後すぐに小学校の教員をしている間は、具体的にかかわることはできませんでしたが、五一歳で退職した後、「朝鮮」にかかわる問題を学ぶなかで、再度「朝鮮」に出会うことになります。

朝鮮で生活したことを話しましたが、日本人は朝鮮人を犠牲にしてほんとうに贅沢な生活をしていました。日本が植民地にしていましたから。そういう意味で、わたしは朝鮮の人にほんとに悪いことをしてきたと思うの。だから、戦後、朝鮮のことをきちんと学ぼうと思いました。それはきっと、わたしがいつまでも朝鮮半島のことが好きだからだと思います。それでいて贖罪の気持ちがずっとありました。

辛基秀《シンギス》さんが主宰していた青丘《せいきゅう》人権文化の会があります。五五歳か五六歳の時だと思いますが、友人が誘ってくれて、参加することになりました。青丘人権文化の会に行くようになって、辛さんから朝鮮半島の歴史、通信使の問題、「慰安婦」問題、強制連行の問題を学びました。作家の角田房子さんといっしょに九州まで行ったりしました。角田さんは小説を書くためにあちこち取材されていたし、わたしは朝鮮の歴史や通信使を学ぶために何度も足を運びました。

「青丘」という名前は、中国から朝鮮を見たときに、青い美しい丘に見えたから「青丘」とつけたんですって。辛さんからはそのように聞きましたが、会の名付け親である姜在彦《カンジェオン》先生は、「紀元前七世紀の朝鮮の画商で、朝鮮の知識人が自ら国をそう呼ぶようになったのと同じく、わたしたちも韓国朝鮮と併記しなければならない分断民族の痛みを克服する上でも古い時代の人にならってそのように命名しました」とおっしゃっています。

青丘人権文化の会では、豊臣秀吉が行った文禄と慶長の役で、朝鮮は大きな損害を被ったことを学びましたが、徳川家康によって和平交渉が行われ、朝鮮通信使が派遣され和平を果たしたと知りました。だから朝鮮の人は秀吉は嫌いだけど、家康は好きです。そのようなことを学びながら、先の戦争および植民地化したことへの戦後処理をちゃんとやってこなかった日本がみえてきました。

また、「慰安婦」問題や強制連行の問題も、近代史の流れのなかで学びました。一九九一年にもと「慰安婦」だった金学順《キムハクスン》さんが名乗り出られました。金さんが来日されたとき、わたしは聞きに行きました。八〇人ぐらいしか入れない会場に、早くから申し込んでおいて、行ったんです。当日は会場には入れない人は玄関ホールでテレビで見たのです。金さんは泣いて地団駄踏んで自分のことを語ったのです。胸が張り裂ける思いをしました。あの人は偉かった。「わたしは謝ってほしいだけだ。他のことで来ているのではないんだ」と訴えました。もと「慰安婦」の人たちの訴えは、いまだ日本政府には通じていないのが残念です。

朝鮮に対する「贖罪《しょくざい》」の気持ちをもちながら、朝鮮の勉強を始めた川土居さんは、一九八〇年、かつて朝鮮の国民学校で教えた子どもたちが川土居さんを捜し当て、韓

1980年、朝鮮国民学校の教え子に韓国に招待される。右から二人目が川土居さん

国へ招待してくれました。空港へ降りたって待ちかまえていた子どもたち（といってももう五〇代）が掲げていた川土居さんの名前を書いた字が涙で読めなかったそうです。川土居さんを捜すその手紙をみせてもらった私も感動してしまいました。三〇数年間も書いたことがないはずの日本語がものすごく達筆なのです。恩師を必死で捜そうとするその思いが伝わってきます。「朝鮮への贖罪」と「朝鮮がほんとうに好き」が混在しながら同居している川土居さんならではの話です。

「慰安婦」問題については、語らねばならないことが山ほどあります。わたしも一九九一年の金学順さんの名乗り出から、「慰安婦」問題を日本の問題、女性の問題としてかかわってきました。いまでも毎年学生に講義しています。

川土居さんの話を続けましょう。

強制連行のことも学びました。実際に強制連行された人が韓国から来られて、話を聞きに行きました。大阪で工場造り、高槻で地下倉庫造り、そして、松代の大本営などで重労働を強制されました。松代へは夫と信州旅行をしたときに立ち寄りました。たくさんの遺骨が残っているのを見ました。帰るところがない遺骨が。生まれ育った自分の国、土地に帰ることもできない遺骨がある。強制連行の問題はまだちゃんと処理できていないと思いました。そういうこともしない国に腹が立つのです。

広島でも原爆に遭った朝鮮の人たちの慰霊碑は長いこと平和公園の外にありました。贖罪の気持ちがないから、きちんとしないのです。それに普通の人の意識も政府と同じようなもんでしょ。わたしといっしょに引き揚げてきた友だちでも、わたしが「拉致と強制連行は同じだ」というと、「そんなことはない、拉致は袋をかぶせて連れて行ったけど、強制連行はそこまでしていない」というのよ。そんな程度なのよ。

時間がたつにつれてだんだんそうした歴史の事実も薄れていきます。自分の意識も薄れていくから、元気なうちに、国がしないことをちゃんといわないといけないと思います。でも、いう人が少ないのよね。

川土居さんの朝鮮半島への「贖罪」の思いが、日本政府に通じていたなら、朝鮮半島の人々を始め、アジアの人々ともっといい友好関係を結ぶことができるでしょう。日本政府の戦争責任・戦後責任への対応は、丸山眞男がいったように、戦前、戦中そして戦後のいまも「無責任の体系」に甘んじていると思えてなりません。川土居さんと同様に腹が立ってきますし、情けなく思います。若い人たちを含んだ多くの人から「いつまで謝るの、何で日本は謝ってばかりなのか」という話を聞きます。こうした右派が好んで喧伝する「自虐史観」は、日本の戦争責任・戦後責任がいい加減なものであったからおきているのです。敗戦後、直ちに日本人の「公権意識の欠如」を批評した丸山は、ドイツの社会主義者であるラッサールのことばを引用しています。「新らし《ママ》き時代の開幕はつねに既存の現実自体が如何なるものであったかについての意識を闘い取ることの裡《うち》に存する」(4)と。そのためには、一人ひとりが「自由なる主体」となって、わたしたちの生き方を定めてきた「既存の現実」ときっちり向き合わなくてはならないのです。きちんと戦争責任・戦後責任に向き合える自立した公人、自立した私人でないところに、根本の問題もあるのです。自虐的な感情によって歴史を裁断する「国民感情」を克服するためには、ラッサールのことばのように、みずからの歴史認識を問いながら考えたいものです。戦後日本のあり方とドイツのあり方が比較されます。ドイツに学ぶことができない日本に情けなく思うのは、わたしひとりではないはずです。

川土居さんは、学ぶことの大切さを植民地、戦争、そして戦後日本の姿から知ってきた人です。そしてその後、「女性学」を学ぶのです。七〇歳を過ぎてからの「女性学」です。大学に通学しての学びです。

一九九七年から大阪女子大学（現在は大阪府立大学に統合）に「女性学」の勉強に行ったのです。「女性学」を学んで、ほんとによかったですね。友人といっしょだったけど、九年間通ったんです。

「女性学」を学んでよかったことはどんなことですかと聞いてみました。

たとえばね、つい最近のことだけど、これまでに何度も何度も観ている文楽の「曾根崎心中」を一九歳の孫が「行きたい、行きたい」というからいっしょに観に行ってきたの。そのときのことだけど、以前と変わった見方をするわたしに気づいたの。素直にすっと入っていけなくなっている。ジェンダーの視点で観ているの。「女性は何で男性に尽くして死んでしまうの」というように。ちょっと〃嫌らしい〃考えが出てきて、素直に文楽の世界に入っていけなくなっているのね。以前だったら疑いもなく日本の文化としてすばらしいと思っていたのに。

「曾根崎心中」のなかで遊女おはつと徳兵衛が深夜、廓《くるわ》（天満屋）から逃げる場面があるのね。はしごの下には下女が寝ていて釣行燈《あんどん》が灯っている。なんとか灯は消すが、物音を主人に聞かれ、主人は下女に早く行燈の灯をつけろと命じる。でもなかなか火打ち箱が見つからない。そのすきに門口まで逃れる……という場面が続く。どうか灯がつかないようにと観ている人は思うが、でも、ほんとは違うわけでしょ。灯がついて、おはつが逃げられへんかったら心中できない。命が助かるわけでしょ。そこのおもしろさが以前とは違う見方をしていましたね。自

2002 年、青森市での日本女性会議に参加した川土居さん

分でもおかしいと思うけど、でも「女性学」を学んだことはほんとうによかったと思っています。

「女性学」を学ぶなかで、わたしとの出会いもありました。川土居さんは「女性会議」への参加も大切な学びの場としています。「女性会議」は一九八四年、名古屋で開催されたのが始まりです。男女平等社会をめざす全国規模の会議で毎年一回各自治体が主催して開催されています。

二〇〇〇年に三重県津市であった「女性会議」から行き始めました。これまで津市、青森市（二〇〇二年）、大津市（二〇〇三年）、福井市（二〇〇五年）、下関市（二〇〇六年）に行きました。一番感動したのは、三重県知事の話でした。下関の会議では、土井たか子さんの分科会に入り、とてもよかったです。

川土居さんの学習意欲は、まだまだ続きます。二〇〇七年、広島市で開催された「女性会議」にも参加しました。

母の戦後は坊守として寺を守ることを第一とし、一貫して保守体制にのっかって生きてきました。親鸞の教えを学び、それに準じて生きようとしていたのですが、自らを「非僧非俗」と名乗った親鸞の自立した生き方、そうした革新的ともいえる思想を受け入れることをよしとしない環境だったのです。親鸞は時代社会に対しても、また人間存在に対しても批判精神を貫いた仏教者でした。親鸞の主著である『教行信証』は、彼の宗教観が書かれた大著です。そのなかに、「出家の人の法は、国王に向て礼拝せず、父母に向て礼拝せず、六親に務《つか》へず、鬼神を礼せず」という経典の文章を引用しています。世俗の権威や情実にとらわれない自立した生き方を説いています。しかし、こうした親鸞の教えに「生きる」ことが、現実と離れ、「教条主義」になっているのが本願寺教団の現実であり、個々の寺院です。母が自立した精神を発揮することはなかなか難しいことだったのです。

親鸞を学ぶことになったわたしも、そうした自立した精神を発揮する人に出会うことは困難でした。それは、親鸞の「ほんとうの思想」を現実の社会に伝えることの難しさを表していると思います。親鸞の生き方は、現在の本願寺教団にとって神話言説のように思えるのです。ことに近世以後、檀家制度に安住してきた寺院にとって、親鸞の思想は過去形になっているかのようです。

たまたま寺院に生まれたわたしは、保守的な地域と家族と檀家制度のなかで寺の娘として育ったのです。「寺の娘」に要求された役割はなかなか大変なものでした。いつも「寺の娘」であることが求められたのです。上流的な地位とも違い、エリートとも異なり、複雑な階級意識を強いられるのが、「寺の娘」でした。一方で、「死人によってお金が入る」というじめにあったりもするのです。尊敬されているわけではなく、「寺の娘」ということで一般の家庭の子どもとは違った立場にあるのだと思わされるのです。求められた役割は、けっして「普通の子」であってはいけないということでした。偉そうにしてもいけないのです。門徒（檀家）の人の接待をするけれども、サービスではないのです。

そんな役割をわたしは見事に身につけていったと思います。しかし、ときには実践できないことも生まれてきます。こんなことがありました。高校から帰ってくると、母が叱るのです。「今朝、お寺のお嬢さんに挨拶をしてもらえなかった」と告げ口に来た人がいたというのです。学校へ行く道々も注意して歩いているつもりですが、たまたま目が合わなかった、気がつかなかったということがあっても不思議ではありません。しかし、許されないのです。告げ口に来るという「世間」に取り囲まれていたのです。

大学へ行ってやっと解放されたと思っても、休みに帰省するたびに「世間」にチェックされていました。駅から降り立ち、自宅まで歩いて帰ったある夏休みのことです。レンガ色のワンピースを着て帰ったのですが、母から「来年から帰るときはもう少し地味な洋服を着て帰りなさい」と注意されました。レンガ色はけっして派手な色ではありませんが、「お寺のお嬢さんが派手な洋服を着ていた」と噂になるのです。このようなことは最近では様変わりしてきました。寺の娘に関心をもつことも少なくなりました。しかし、「世間」が解体されたわけではありません。

そのようななかで、わたしが寺院に生まれてよかったことは、親鸞の思想を学ぶ機会を得たことです。また、両親とくに住職である父は、親鸞の思想をなんとか門徒の人に伝えたいと努力していたと思います。そうでないと何事によらず、「世間」に従っていくしかないからです。そうした親の思いをわたしは親鸞を学ぶうちに気づいたのです。両親がわたしに伝えたものの根底に親鸞の教えがあったと思います。

ある年の正月のことです。父は、門徒の人が亡くなったので枕経を上げに行くことになりました。汽車に乗っていくお家だったのです。最寄りの駅始発の汽車に乗ります。四人がけの座席に早く着いた父は窓際に座って発車を待っていたそうです。お正月ですから初詣の人が次から次に乗ってきます。行き先は出雲大社です。発車時刻になって車内は満員になっているのに、父の座っている他の座席は三つとも空いたままで、だれも座らなかったそうです。父は三つめの駅で降りたので、そのあとはどうなったか知らないといっていましたが、「ハレ」の日に、僧衣を着た父は「縁起でもない」存在だったのです。

わたしの生き方のなかには、迷信や占いなどに頼って生きることも現世利益《げんぜりやく》信仰のたぐいも子どものころからありません。また、葬式や結婚式という非日常的な場面で出てくる穢《けが》れや六曜（友引や大安）も信じていません。迷信や占いなどを信じないわたしの生き方は、まさに親鸞の教えによって培われたといってもいいでしょう。

そうした親鸞の教えが根底にあったことが、後のわたしの生き方におおいに関係していくのですが、母にとっては、その保守的な土壌のなかで、靖国神社問題を考えることから自らの「分岐点」をみつけるのです。

註

(1) ジョン・ダワー『敗北を抱きしめて』一〇〇〜一〇一頁
(2) 丸山眞男「超国家主義の論理と心理」『丸山眞男集』第三巻、三一頁
(3) 池元有一「戦後復興期の製粉業」二〇〇六年 (http://www.e.u-tokyo.ac.jp/~takeda/sengoshi/Ikemoto_honbun.doc)
(4) (2)に同じ、一八頁

第四章

分岐点

――戦争が終わって思ったこと

一九四五年八月一五日、日本の敗戦が「終戦」ということばに変えられ国民に知らされました。戦争が終わりました。過ぎた「戦争」をどのように思えたかを知ることは、わたしにとって興味のあることでした。赤松さんはどう思ったのでしょう。

戦争ってほんとに辛かったし、人道に反するし、なくなってほしい。でもどうしてかしら、戦争って途絶えないのは。太古の昔から、この地球上に戦争が必ずあるのは。

そして、「だからこそ、しっかり『憲法』第九条を守らなければいかん」と厳しい口調で語るのです。それは、教育の現場で子どもたちと必死にかかわった体験から痛切に思うことでした。学童疎開、同僚の先生の戦死など、赤松さんの「戦争」から生まれた思いといえるでしょう。

敗戦後、食糧の配給はますます乏しくなっていきます。一九四六年五月一九日には、宮城前広場に二五万人が集結して食料要求大会が開催されました。「飯米獲得人民大会」です。赤松さんの戦後も食べるもののない悲惨な生活です。戦後の生活の思い出も、疎開先と同様、食べ物に苦労した話が続きます。

伏見区の最上《もがみ》に住んでいました。食べ物が何もなかったです。疎開から帰ってきたからといって、食べ物があるかというと、戦後になっても同じ。しばらくないときが続いたのです。

こんなことがありました。隣の家の息子さんが仕事で進駐軍で働いていました。その息子さんはしかも食堂で働いていて、その家《うち》中の人がよう肥えてきはるの。ほんまに。わたしのところは何にもなくて、父が庭を耕して芋をつくって芋や芋の蔓《つる》を食べたりして大変でした。ある時、「これ食べはらしませんか」ともって来はったの。いまでいうシチューかな。シチューなど食べたことがなかったでしょ。牛肉が入ってタマネギが入って、むちゃくちゃおいしかった。近所のほとんどの人がガリガリだけど、そこの家族だけは肥えていたの（笑）。

また、こんなことがありました。妹の誕生日におじやをつくったんです。ふくらますために、その日に炊くのではなくて、前の晩につくっておくのですが、それをみた妹が大きな声で「おじやや」というたらしいのね。その晩、わたしがひとりで家にいたとき、裏口から入ってきた人がいたの。おばあちゃんで裏からこそこそと入ってきて、つくっておいたそのおじやを手ですくうて食べはるの。「鬼婆をみた」と思ったの。「鬼婆が世のなかにいるんや」と思った。実は、そのおばあちゃんは二軒おいたMさんというお茶の先生をしてる人なの。わたしは声もでないし、出したらあかんような気がして、下がっていったら、おばあちゃんがわたしに気がついて、「みたんか」というて、「人にいうたらあかん」というて消えていかはった。わたしは悲しかった。人間は追いつめられると鬼婆にもなるんだと思った。そういうようなことがたびたびありました。

そのおばあちゃんのことを書きました。教養のありそうな上品なお茶の先生だったから、ショックも大きかった。こんな話が日本中どこでもあったと思います。

赤松さんの心に刻まれた「鬼婆」は、「おにばばを見た」(『ほんとうにあったおばけの話』⑨、日本児童文学者協会編、一九九一、偕成社刊)という童話のなかで、次のように描いています。

だれかが、うら口からはいりこんで、鉄なべのそばにしゃがみこんでいるのです。

さか立った白い髪の毛、大きなぎらぎらひかる目。その目をきょろ、きょろ、すばやくうごかしてあたりをうかがいながら、両手をなべにつっこんでは、ぞうすいを口にはこんでいるのです。

まだ、あついはずなのに、大きくさけたようなまっ赤な口をあけて、むちゅうで、すくってはたべ、すくってはたべています。

口のまわりは、ぞうすいだらけです。

——おにばばだ！

わたしは、すくみあがりながら思いました。

話にきくだけですが、でも、このすごい形相は、きっとおにばばにちがいない、と思いました。

おそろしい時間がすぎました。

なん十秒間くらいだったか、なん分間ぐらいだったか、わかりません。

「これで生きかえった！」

とつぜん、そういうひくい声がして、おにばばが立ちあがりました。

わたしは、その人を見て、「あっ」と声をあげそうになり、あわてて両手で口をふさぎました。近所で〈茶道教授〉のかんばんをかかげて、お茶をおしえていた上品なおばあさんだったのです。

わたしは、いまでもときどき、あのときのおばあさんの目を思いだします。あの目は、かなしみと、いのりと、怒りでいっぱいの目だったのだと、いまではそういう気がしています。

× × ×

「かなしみと、いのりと、怒り」を同時にあらわすことは、そう多くはないでしょう。戦争の大きな後遺症に違いないと思います。戦争が終わってもそうした過酷な生き方が待っていたのです。赤松さんのライフワークである「童話」はそんな時代の人間のありようを照射しているのです。

戦争そのものについて次のように話します。

戦争をしないほうがよかったと思います。何でかというと、間違った戦争だと思ったから。東京でも大阪でも、それから原爆が墜とされた広島や長崎でも悲惨な目にあうし、それこそ人類破滅みたいになってしまうでしょう。

日本の戦争が終わった後でも、ベトナム戦争で枯れ葉剤をまいたり、いまでも爆弾が墜とされて、命を失ったり、地雷で手足がなくなったりする人や子どもたちがいるでしょ。いつまでも尾を引いてほんとに恐ろしいことだと思います。人間の歴史に戦争がないことがなかったし、人間の本質のようなものかと思うのね。ほんとに戦いばっかりよね。

戦争の悲惨さをみつめることによって、戦争のない世界を考える赤松さんです。

荒木さんは、「だまされた」という思いを話します。

わたしの家族は女の子が四人いました。戦争に負けて、すぐに駐留軍、アメリカの兵隊がジープでたくさん来ました。兵隊はみんなにこにこしてハンサムでした。外に出て行くと、通りがかった若い兵隊がジープから降りてきて、そしてチョコレートやチューインガムをくれたりしました。わたしの母は人にお世話をするのが好きだったから、ちょっとご馳走してあげたりしたので、遊びに来る兵隊さんもいました。まだ少女だったけど、進駐してきた米軍をみて、「鬼畜と違うやないか」と思いました。チョコレートをもらったからと違うんですよ。「みんな紳士やな。何が鬼畜や」と思いました。進駐軍がたくさん通るし、みんな楽しいし明るいしね。何がこれが鬼かと思いました。「だまされていた」と思いました。敗戦後すぐに敵が上陸してくるという情報が盛んに出されていたから、「どないしよう、どないしよう」と怖かったです。どこにも逃げるところがなかったけど……。国は、わたしたちをだまし続けていたなと思いました。

戦争が終わって、キリスト教会の活動ができるようになりました。食糧難の生活で大変だったけど、飛行機は来ないし、焼夷弾も墜ちてこない。「安心して生活ができる」という生きていく上での一番基本となる平安な生活が始まったと思いました。死ななくてもいい。男も死なんでいい。食べるものはなかったけど、その安心感は大きかったです。

荒木さんが「だまされた」と思えたのは、すごい発想の転回です。「主体の転回」といっていいでしょう。『日本国憲法』が発布される前に、荒木さんは、自由な主体を取り返せたのです。戦前の教育からは出てきません。それまでの主体は国家にあり、天皇にあったからです。国家や天皇に対して「だまされた」と思うことは、許されなかったです。それほど徹底した教育を受けていたのです。荒木さんの発想は戦後の民主主義につながるのです。

終わったときに食べるものはなく困ったけど、空襲は来ないし、戦争に行かんでもいいし、ただし、どんどんどんどん遺骨が帰ってきましたね。わたしたちも遺骨を迎えに行きました。遺骨が帰ると聞いたら、だれかれなしに駅までお迎えに行きました。そのとき複雑な気持ちでしたね。「なんでこの人死んで来たんやろか」と複雑でした。

やれやれほっとしたとはだれもが思ったはずだけど、同時に、わたしは「だまされていた」と思いました。わたしは根性悪いからね（笑）。天皇のために死んだ人、宮城で切腹した人を「アホかー、もうちょっと命を大事にせーよ」と思いました。しかし、国は戦争が終わったといっても、まだ負けたということはいっていない。わたしは「あの戦争はいったい何やったん？」と思いました。

荒木さんの思ったとおり、国民には敗戦ということばが伝わっていなかったのです。天皇の「終戦の詔勅」を何度も読み返すのですが、そのたびに怒りにも似た思いに駆られるのは、わたしだけではないでしょう。「信義を世界に失うが如きは、朕、最もこれを戒む」とか「誓って国体の精華を発揚し、世界の進運に後れざらんことを期すべし」とは、いったいだれがだれに向かっていったのでしょう。

荒木さんの考える力はどうして培われたのでしょうか。荒木さんはキリスト教の信仰者です。そのことと関連があるのでしょうか。キリスト教の影響があるのかを聞いてみました。

戦時中、わたしの心のなかの何パーセントかに、「戦争で死んだらあかん、人を傷つけたらあかん」という思いがありました。自分でも気づかないくらい深いところでね。

荒木さんの時代社会に対する懐疑は、敗戦と同時に外に向かってはっきりと出てきたのです。キリスト教の信仰によって、荒木さんの身体に「死んだらあかん、傷つけたらあかん」という思いが根づいていたのです。命の大切さ、他者を傷つけてはいけないと信じてきたのは、キリスト教の影響だったのです。戦前の日本のキリスト教界は、天皇制に与し、戦争を讃美し、信者にも皇道を信じさせました。当時の日本の宗教のほとんどがそうだったのです。キリスト教だけが違ったということではありません。しかし、それでも荒木さんには、命の大切さ、他者を傷つけないという教えが心の底に流れていたのです。戦争が終わって、死者（遺骨）の出迎えをしながら、「天皇のための殉死」という教育を「だまされていた」ということば、真実のことばに転換し得たのでした。

信仰している人はキリスト教者に限りません。数としては仏教の信仰者のほうが多いはずです。荒木さんのように気づいた人はいたのでしょうか。

わたしと一番身近にいた仏教者である母からは「だまされていた」という積極的なことばを聞いたことはありません。日本仏教には「真俗二諦」という教義があります。仏の教えは真諦と呼ばれ、真実の教えであり、王権や政治権力は俗諦であり、真諦の擁護者といった意味です。そして、信仰者はその両者に仕えることを信仰と教えられたのです。真宗では真諦が阿弥陀仏であり、俗諦が国家・天皇だったのです。それが両輪のごとく成り立つという教えが「真俗二諦」です。キリスト教ではどうだったでしょうか。

荒木さんが知っていたホーリネス教会は、戦時中、国家から弾圧され多くの犠牲者を出しました。それは、キリストのみが神であり、キリストの再臨を信仰する宗教だったからです。天皇以外の神を信仰することを国家権力は危険思想とみなしたのです。天皇以外の神の存在を許さなかったのです。一九四一年、日本のプロテスタント系の教団は、日本基督教団に統一されますが、一九四二年、ホーリネス教会のなかには解散させられるところもありました。ホーリネス教会の女性牧師が「国賊」とされて獄死したという話は前述しましたが、荒木さんの「天皇は神ではない、だまされていた」という目覚めは、キリスト教の教えそのものと結びついていたのです。

家族を思い、仕事をもち、家の担い手である荒木さんの信仰は、いまから思うと、「反逆」でした。その荒木さんにはもうひとつの「反逆」がありました。前述しましたが、看護婦の資格を取らなかったことです。国家試験を受けなかったのです。「死にたくない」という強い気持ちからでした。荒木さんは、怪我をした学生のために看護の勉強をしましたが、従軍看護婦にはなりませんでした。そのために資格を取らないという選択をしたのでした。こうした荒木さんの話を聞くと、キリスト教の影響が大きいと思わざるを得ません。信仰に生かされていると感じました。そうした荒木さんの行動に魅力を感じるのは、わたしひとりではないと思います。

川土居さんは戦争が終わって一番に感じたことは、「好きな人が殺された」という思いでした。「悔しくて腹が立った」と、いまもはっきりといいます。川土居さんの大切な人が戦争で死んだのです。戦争を憎むのは当然のことだと思います。戦後六〇余年を経て、いま『日本国憲法』がさまざまな立場の人や思想信条のもとで見直されています。その『憲法』は、大きな加害と多くの犠牲のもとに生まれました。そのなかでも「戦争の放棄、戦力の不保持、交戦権の否認」を定めた第九条は、現在も日本のみならず外国からも注目されています。チャールズ・M・オーバビーはその著『地球憲法第九条』で「第9条は日本人の魂の奥底からの叫びであった。（中略）戦後生まれの日本人の中にはこの教訓が理解できぬ者があるかも知れない[1]」といっています。川土居さんのように「大切な人」を戦争で失った人にとって、オーバビーのことばはいっそう切実に聞こえることでしょう。その一方で、オーバビーがいう戦争を体験した人の「魂の奥底からの叫び」が戦争を体験したことのない人たちによって薄められようとしています。沖縄の集団自決の事実を歪めようとするのもそうした反映です。

その川土居さんは、食糧難の体験から意外な事実を知ることになります。

わたしは進駐軍にも勤めたけど、食べるものが少なくなってどんどん困るようになってきたんですよね。米子は海で魚が捕れるし、鯖とかをものと交換してもらって、そう困りませんでした。

でも、飢えで多くの人が死んでいました。そのとき、ひとりの人が「ヒロヒト詔書曰ク　国体は護持されたぞ　朕はタラフク食ってるぞ　ナンジ人民　飢えて死ね　ギョメイギョジ」と書いたプラカードをもってデモに参加していたのを新聞で読んだのです。天皇ってそんなにしていい目をしているんだなあと。敗戦後しばらくしてからですね。天皇は国民といっしょに困ったというけど、ほんとうのところはわかりません。でもわからないことが、わたしは問題だと思うのです。

川土居さんの話に出てくる「ナンジ人民　飢えて死ね」というプラカードは、「プラカード事件」として戦前の法律である不敬罪に問われました。そして、敗戦後も「天皇」が存在することの現実を知ったとき、川土居さんは、戦争の責任が天皇にあることを改めて理解したのでした。それはまた、発想の転換をもたらし、自分を取り戻すことになったのです。川土居さんの天皇制批判はこの頃からはっきりとしてくるようになったと話します。そして、天皇制について、次のような考えをするようになるのです。

わたしが『憲法』を改正してもいいと思うのは、第一条をなくすことと第二四条のなかに「同性」を入れること。そういう問題を考えてほしいという意味です。だからいまの自民党が打ち出している「草案」には反対です。

第一条は、「天皇の地位・国民主権」を定めています。また、第二四条は「家族生活における個人の尊厳・両性の平等」を定めています。川土居さんの思いのすごさが伝わってきます。『憲法』になぜ天皇が存在するのでしょうか。また、現在の異性愛の婚姻のみならず、セクシュアル・マイノリティである同性愛の人の権利を『憲法』に盛り込むという意図は、ジェンダーの呪縛からわたしたちを解放するラディカルな考えです。

母にとっての戦争体験は、他の人と比べると比較にならないほど、平穏ともいえるものでした。いまでも「戦争は遠くの出来事のようだった」といいます。しかし、戦争に反対する思いは変わりません。それは寺の坊守として、門徒の人の戦死をみつめてきたからです。法事が執り行われるたびに、その悲しみに沈む遺族と接してきた体験でした。とくに息子を亡くした母の悲しみを切なく聞いてきたからです。そして、それが戦争否定につながることになったのです。戦後、母にとって坊守としての生き方とはどのようなものだったでしょう。

住職が決まってから（わたしの父が入寺してから）、坊守として一生懸命やってきたけど、いつも住職の陰でやってきたようなものだった……。それでも子ども会はほんとうに楽しかったの。子どもの喜ぶ姿はうれしかったです。いろんな所に連れて行ったり、肝試し大会をしたり、おやつをつくったり、カレーライスをつくったり、あの頃は若かったしね。本堂で泊まるときの子どもたちの楽しそうなじゃれあいをみると、責任感もあったけど、わたしも楽しかったです。

その後、わたしがほとんどひとりで力を入れてやってきたのは、「婦人会」だったです。いまから二〇数年前になるけど、住職が亡くなる前年に「婦人会」を始める相談をしたけど、住職が「もうその元気がないから、あんたがやれ」といったので始めました。婦人会をするたびに、どんなテーマや催しをメインにするかを考えるのがすごく楽しかったし、率先して相談に乗ってくれる人もできた。講演会の講師はいまの住職に相談したけど、わたしがほとんど決めていたので、おもしろかったです。長い間やってきたので、自然といろいろな話を聞いてきました。はじめの頃はそんなことはなかったけど、しんどいことや家庭内の辛いことも聞いてきたわね。そういう人たちが、「今度は何をしますか。またあそこへ行きましょう」といってくれると、ほんとにうれしくなるし、年配者同士話しやすい面もあると思う。相談相手とはいわないけど、いい話し相手になってきたんだと思います。

住職の陰の存在としての坊守の役割を務めているよりも、母が企画できる婦人会はとても生き生きできたようです。娘のわたしもそんな母の話を聞くのが楽しみです。

1987年、坊守として婦人会活動に精を出していたころの母

ところが、母が接してきた門徒の人たちは、同時に保守体制を支える側に組み込まれていったのです。そうした政治風土がわたしの故郷には根強く張り巡らされていたからです。

戦後六〇年が過ぎて、敗戦によって得た「平和」への日本人の「魂の奥底からの叫び」が風化しようとしています。自民党は戦後六〇年の二〇〇五年、「新憲法草案」を正式に発表しました。「草案」の前文には、「国際社会において、価値観の多様性を認め、圧政や人権侵害を根絶させるため、不断の努力を行う」と定め、国際社会の現実、それはアメリカをリーダーとする「資本」をもとに市場原理を世界に展開しようというもくろみでしょう。また、アメリカや日本の市場を拡大し、それを守るために、〝アメリカとともに〟不断の努力をするということです。その現実は、「圧政や人権侵害」を口実に「イラク戦争」に参戦することにほかありません。それをさらに拡大するために「草案」は、戦争のできる国となるために第九条第二章「戦争の放棄」を「安全保障」に変えるというのです。「陸海空軍その他の戦力は、これを保持しない。国の交戦権は、これを認めない」という「魂の奥底からの叫び」を削除しようというのです。大きな加害と多くの犠牲を忘れたのでしょうか。

戦争の辛さが身にしみた赤松さん、「だまされていた」という荒木さん、大切な人を失った川土居さん、それぞれが「魂の奥底から」戦争を憎み、自民党体制を批判し続けてきました。しかし、多くの日本人は戦争を憎む心をもち続けてきたのでしょうか。『憲法』第九条を守り、自民党体制を批判してきたのでしょうか。「公権意識」を

「自由な主体」によってもち得たのでしょうか。皮相なことに自民党体制を補完する役割を担ったのは、戦争で大切な人を亡くした人たちだったのです。母が接してきた人たちです。そこには何があったのでしょう。

かつてわたしが聞き取りをした男性は兄が戦死していました。戦死の公報が入ってきたとき、それを受け取ったお母さんが近所の人の前では気丈に振る舞っていたのに、ひとりになると嗚咽していたといいました。彼はそれを鮮明に覚えていました。それほど家族を失った悲しみは深いのです。そうした深い悲しみの意味が戦後のある時期に変わり、悲しみが政治に与するように転化されるのです。

一九四七年一一月に設立された「日本遺族厚生連盟」は、遺族の悲しみを共有する場として生まれたといえます。悲しみを和らげる役割を果たすものであったはずです。同じ境遇にある人にしかわからない気持ちが共有される場だったと思います。同連盟の第四条には次のように記されていました。

本連盟は会員の相互扶助、慰藉救済の道を開き道義の昂揚、品性の涵養につとめ、平和日本の建設に邁進すると共に、戦争の防止と、世界恒久の平和の確立を期し、以て全人類の福祉に貢献することを目的とする。

その目的には会員の相互扶助、慰藉救済は当然のことですが、平和日本の建設、戦争の防止、世界恒久の平和の確立、全人類の福祉に貢献すると謳っています。しかし、一九五一年に開かれた第一回全国遺族代表者会議の「宣言」では、遺族は国家による最大の犠牲者であるという考えが明らかにされ、国家による補償を求めることが宣言されました。単なる会員の相互扶助や慰藉救済のみならず「政治的な組織」となって国家に要求を突きつける政治団体となったのです。それは、保守政党の集票団体となることでした。この年の九月、「サンフランシスコ講和条約」が締結され、同時に「日米安全保障条約」が結ばれ、日本はアメリカの反共体制の重要な立場に置かれます。同時に朝鮮戦争によって戦後日本の経済成長が始動する時代を迎えるのです。

そうした時代のなかで、「戦傷病者および戦没者」が保守体制を形成する糧のごとく政治の世界に蘇ってくるのです。政府は、一九五一年、「戦傷病者および戦没者」遺族に対する処遇を公式に取り上げ、一九五二年、「戦傷病者戦没者遺族等援護法」を決定し、年金支給と弔慰金支給を始めます。さらに「恩給法」の復活が一九五三年に実現し、旧軍人の遺族は軍人恩給を支給されることになったのです。それと同時に、「日本遺族厚生連盟」は発展的解消し、「財団法人日本遺族会」が設立されるのです。「日本遺族会」の「目的」は「日本遺族厚生連盟」とは大きく異なったものになっています。その違いは、以下の同会「会則」第二条に端的に示されています。

この会は戦没者の遺族の福祉の増進、慰藉救済の道を開くとともに、道義の昂揚、品性の涵養に努め、平和日本の建設に貢献することを目的とする。

連盟時代には、「戦争の防止」「世界恒久の平和の確立」「全人類の福祉に貢献」という平和への強い理念が掲げられていたのですが、「日本遺族会」には、そうしたことばはありません。そして、「日本遺族会」の公式ホームページをみますと、その「目的」には、「日本遺族会は、英霊の顕彰、戦没者の遺族の福祉の増進……」と、戦後保守体制を擁護してきたナショナリズムを掲げ、「英霊の顕彰」を明確に打ち出すのです。「英霊の顕彰」は紛れもなく、靖国神社に祀られている「英霊」を意味します。戦死者の遺族救済という主目的が、またぞろ国家に収斂されてしまうのです。それはまた、「日本遺族会」に所属する人を保守政治体制の擁護者へと変えていくのです。「日本遺族厚生連盟」が「日本遺族会」に変更されたとき、多くの遺族は、国家を相対化する視点である「公権意識」を奪われたといえるでしょう。

遺族となり、困窮した生活のなかでの年金支給はおおいに助かるものであったでしょう。実際に川土居さんの話に出てきた家族も遺族年金によって子どもたちが大学へ行くことができたのです。わたしが母から聞いた門徒の人のなかにも、遺族年金で家族が潤ったのです。しかし、遺族年金の受給者は即「日本遺族会」に所属するという全国組織ができたのです。

島根県出身の浄土真宗の僧侶である菅原龍憲さんは「日本遺族会」の「目的」を認めることができないといいます。その「目的」に「ノー」という意思表示をしている数少ない遺族のひとりです。父が靖国神社に祀られていることから「信教の自由」と「政教分離」の問題に向き合い、父の「合祀」の取り下げを要求し、靖国神社に天皇や首相の参拝を要求する「日本遺族会」と一線を画す運動をしています。

母が接してきた人のなかにも「日本遺族会」の会員の人がいます。一九六三年から始まり、現在は武道館で毎年八月一五日に行われている「全国戦没者追悼式」に出席して、「天皇陛下、皇后陛下にお会いできた」と、涙ぐんで喜ぶ遺族と接してきました。その折、当然のように靖国神社にお参りしてきたことを母に報告していたのです。母にとって「分岐点」になる問題は靖国神社問題だったのですが、「分岐点」に到達するまでには相当の時間を要したのです。

分岐点

本書の大きな目的である被害者意識から加害者意識への「分岐点」、『憲法』「改正」反対への「分岐点」、保守体制批判への「分岐点」等々さまざまな意味の「分岐点」となった体験を聞き取りしました。それはまた、マジョリティからマイノリティになっていくきっかけでもあります。マジョリティは多数者とか多数派を意味しますが、現実の世界では、それが政治的な意味や目的をもち、強い政治力を発動してきました。戦後日本の保守体制は、「遺族」を取り込み、農業者を取り込み、「資本」（大企業）のために働く、そういう意味でのマジョリティといえます。いろいろな問題を問うことなく、数を頼んで目的を強引に達成する体制です。そうした全体的な体制に対して、一人ひとりの立場や思想信条、ライフスタイル、さらには性や身体などを含めた違いを違いとして、それを認め合い、尊重することのできる「自由な主体」としての生き方をする人、そういう生き方を欲する人のことをマイノリティということができます。これまでの聞き取りで、そうしたマイノリティとして生きるとはどういうことかを十分に理解できたと思いますが、改めてそうしたマイノリティへの「分岐点」を聞いてみたいと思います。

赤松さんの戦後の生き方を聞きながら、戦時中のある出来事を忘れることができません。それは、身近な人の戦死でした。

戦争の悲惨さは嫌というほど味わってきました。子どもたちとの集団疎開もありました。上京中学に勤めていたときの同僚が戦争へ行ったでしょ。そのときの彼の思い出は前に話したけど、その先生が、「これから戦争に行く」と……。彼は、その後、戦死されました。あの人が逝ってしまわれた。

専攻科を終えて崇仁小学校へ赴任しましたが、また同僚だった若い元気な先生が、戦争に行って帰ってこなかったです。そんなことがあって、戦争の悲惨さは嫌というほど痛感しました。

赤松さんは何度も何度も「戦争の悲惨さを嫌というほど味わった」と語りました。それは身に染みついた体験だったと思います。直接体験した人しかわからないものです。戦後すぐに生まれたわたしは戦争の時代に近い時代を過ごしましたが、赤松さんと同じような辛い体験をしていません。

その赤松さんの「分岐点」となる生活は教員生活のなかでおこりました。

そのときは「組合意識」が強かったし、わたしも組合活動に関心をもっていました。崇仁小学校に三年しかいなかったけど、その後、住吉小学校へ移って（一九四七年）から組合の執行部に入りました。東京で大きな会があって、汽車に乗ろうと思ったけど、汽車が満員で乗れなくて。窓から入ったんです。ぶら下がっている人もいるぐらいでした。

組合に入ったのは、当時の荒廃した日本を救うのは、組合しかないという気持ちが強かったのね。組合の仲間といろいろ話し合ったり、宮本百合子の本を読んだりしていたわね。左翼といわれる側の人の本を仲間といっしょに読んだ記憶はないけど、いっしょにいるときはいろんな本の話をしたりしました。そして、組合活動をがんばりました。

——先生の組合（日本教職員組合——一九四七年結成）だから教育の話が一番多かったですか。

そうやねえ。とにかく、あのときの状況では、いまの荒廃した日本を救うのは組合しかない、というようなそういう気持ちがありましたね。

しかし、執行部に入って活動した赤松さんが、その後もずっと活動を続けることはありませんでした。

——組合活動は、その後どうなったのですか。

そのうちにこんなことでいいのかなという失望を感じました。それまでは一生懸命やったけど、これでいいのかなあという失望みたいな思いがでてきました。組合の利害だけに走っていったり、表面的になったり、何かもっと本質的なものがあるのと違うかなあという思いをもち始めたのです。それで組合活動を辞めてしまいました。でも組合員は辞めていないですよ。組合員は最後までやっていましたが、選挙に出たりというようなことはしなくなりました。何といっていいかわからないけど、もっと本質的な課題や問題があるのではないかと考えるようになりました。組合の活動を相対化したのだと思います。そんな気持ちが自分のなかに生まれてきました。そうはいうものの組合を厳しく批判し反対運動をするというようなところまではいかなかったけど……。

その後も何がほんとうなのか、ほんとうのものをみつけたいという気持ちがずっと続いていました。青年の燃えるような強い気持ち、そうした気持ちが大きかった分、組合活動への失望も大きかったと思います。

赤松さんの戦後初期の頃の組合活動は、その後の生き方に影響を与えたようです。共産党系にも保守政党の政治や政策にも心を寄せないで、「何がほんとうなのか、ほんとのものをみつけたい」と求め続けていく姿勢がありました。それは、時代社会の大きな流れに乗らない、体制に埋没しない自立した生き方につながっていくのです。

――その後の「教育」の出会いは何でしたか。

知的障がいの子どもたちとの出会いがあったのです。人間の幸せとはどういうことなのかと教えられたと思います。共産党でもない、自民党でもない、そういう政治的なイデオロギーを超えて、人間本来の、どのように生きていったらいいのか、自分も含めてね。そのために何をどうしたらいいのかな、と。いまもそう思っているけど。政治を超えて、知的障がいの子どもたちの幸せは何だろうと考えさせられました。そのために、わたしは何を見、何を考え、何をしていったらいいのかと考え始めたように思います。

――尊敬する教師はいましたか。

いろんな人と出会って、いろんな人と一緒にやっていきたいと思ったし、すばらしい人にもたくさん出会いました。とくに生き方や考え方に感動した若い人に出会ったとき、いっしょに本を読み、ともに考えようと放課後の読書会を立ち上げたりしました。同時に、子どものほうを先に、子どものほうの本質をしっかりみたいという気持ちも強かったです。子どものなかから感じていきたいと思いました。子どものなかから学ぶものが非常に多かったです。子どもと接しているなかで、いろんなことをいっぱいいっぱいもらって感動してきたし、親と子の関係のなかでいいなあと思うことがこれほどたくさんあるのかということを感じてきました。

赤松さんの目は、子どもに向いていたのです。それが、赤松さんの「分岐点」だったのです。子どもたちから学び、子どもたちに伝えたいという赤松さんの願いといえます。それが、子どもだけではない大人にも読んでほしい童話の制作につながってきたのです。柄谷行人さんは、前述したカントの『啓蒙とは何か』を読んで、「人はどこかの国家の公務員だったり組織の成員だったりするけれども、世界市民として考えなければならない[2]」といっています。赤松さんの思いには、教師という立場とともに

「世界市民」として普遍的な立場に立つ必要があると気づいていたのです。赤松さんの「分岐点」は、子どもたちと接するなかで、教育にあるべき「普遍性」の目覚めだったのです。一人ひとりの子どもたちの人間性を一般化するのではなく、一人ひとりの子どもたちの人権を尊ぶこと、子どもたちの態度を尊重することが教育の「普遍性」だと気づいたのです。人間の生き方、あり方を求めるすてきな気づきです。

荒木さんの「分岐点」を聞いていきましょう。
もちろん、戦中戦後を通じての食糧難は大変でした。しかし、そこを乗り切り、早くに「だまされた」と気づいた荒木さんは、戦後しばらくして落ち着いた頃、次のように思いました。

敗戦から四、五年もした頃ですね。「オー、ミステイク。国は間違っていたけど、わたしらも間違っていたのではないか」と思い始めました。敗戦後すぐではなかったけど、何年もせずに「オー、ミステイク」と思いました。わたしらも戦争に参加していたのではないか、と。それと、あの戦争は何やったやろうという深い懐疑ですね。

「だまされた」は被害者意識ですが、荒木さんの「オー、ミステイク」は戦争責任を考える第一歩でした。「国は間違っていたけど、わたしらも間違っていたのではないか」という自らの戦争責任を問う思想です。そうした荒木さんの戦争を振り返り、疑問視する力はどこから生まれたのでしょうか。

前述しましたが、荒木さんは、一九四〇（昭和一五）年、お父さんを病気で亡くしました。血清注射があれば治る黄疸出血性レプトスピラ病という病気だったのです。荒木さんはその注射を探すために大阪市内の製薬会社を一軒一軒回ったけど、結局手に入らなかったのです。それを荒木さんは、「戦争が殺したといまでも思っている」といいます。そして、お父さんの死によって学校を辞めなければならなかったのです。荒木さんは、「戦争がなかったら死んでいないのにと思ったら、やっぱり恨んだですね」と、戦争を「恨んだ」といいます。つまり、荒木さんの戦後は、「恨み」から始まり、「だまされた」という被害者意識へ、さらに「わたしらも間違っていた、戦争に参加していた」と変化してきたのです。そして、こうした荒木さんの戦争責任が、その後の活動の原動力となっていくのです。荒木さんにとっての「分岐点」です。「戦争はあかん。人を殺す。殺されるのもあかん。殺すのもあかん。人間の命はひとつ、そこしかない」という荒木さん。それは、「わたしも殺す側にいる」という加害者意識を表明しているのです。そうした荒木さんの戦後を象徴する詩集があります。『窓』（荒木タミ子詩集　一九八五年、創元社刊）です。歴史的には、一九六五年一月から一九八四年五月までの二〇年間、荒木さんのもっとも充実した活動期ともいえる時代に詠まれた詩です。『窓』の「はじめに」は、次のことばを語ります。

小さな〝まど〟から
いっぱい　みえたり　きこえたりすることを
その〝まど〟から
いっぱい　外にむかって
おしゃべり　したのです

〝まど〟は、荒木さんの感性といえるでしょう。その感性は、自分勝手な観念ではありません。それは、「他者」を伴っています。荒木さんが関係する世界のすべてを感じ取っている触覚です。詩集『窓』に、「分岐点」を勝ち取った荒木さんが読めます。

〝女は　だまって　従ってさえいればいい〟

やさしさ　素直さ　かわいらしさ
に置きかえられて　ずうっと教えこまれてきた
さぞや　男にとっては　都合のいい限りであったろう

女が　だまってきたから
いま　ふきだした男女問題は　はてしなく根深い
あの戦争さえ　おこってなかったかもしれない
女は　だまっていては　いけないのだ

だが　物をいうことは　むつかしい
信念　知識　広い視野　勇気　そして愛
　もっと　もっと　いわねば……
　いえるようにならねば……

こうした荒木さんがいつもいつも強調するのは、教育です。それは聞き取りの最初に出たことばでもありました。

戦争が終わってふり返ったとき、わたしのなかに確かな思いができました。結論をいうとね。「教育ほど恐ろしいものはない」。これが今日までの結論なの。教育ほど恐ろしいものはないということです。そして、その次に、「教育ほどすばらしいものはない」。さらにその次に、「いま、教育しかない」。六〇年たずさわってきたわたしの結論です。いま、教育しかない。何があったって、教育しかない。だから九条は守らなくてはあかんし、『教育基本法』の「改正」に反対してきたの。

この結論が、荒木さんの「分岐点」を支えていたのです。日本が再び戦争をする「普通の国」になってはいけないことの強調です。そのために教育がいかに大切かを一生懸命説く荒木さんです。戦前「愛国心」ということばの教育によって、どれほど多くの人が犠牲になり、加害者になってきたかという近代日本の歴史をきちんと教えることの重要性を荒木さんは体験し、そして考え、そして生きてきたのです。

国は、わたしたちがほんとうに知らないといかんことを教えていないでしょ。「お上」の意のままになっていた。「天皇陛下、はい。内閣総理大臣、はい」とね。

1989年、大阪府立勤労婦人ホーム館長を退任したときの荒木さん

権力者に都合のいい〝国民〟をつくり、そして扱いやすい〝国民〟をつくってきた。それではいかん。命をかけても違うといえる人を教育していかなあかん。これは、戦前の話だとは思えないの。戦後六〇年以上も経って、勉強してきたといっているけど、ほんまの教育をしてきたのか、わたしは疑問なの。教育は何をしてきたのか。それをいいたいの。

一番肝心なことは、何で人間に生まれてきたのか。そして何をしていくのか。死んだらどうなるのか。何をすべきなのかということが大事でしょ。権力者に従うために生まれてきたんとは違うという教育がないと思う。

わたしたちは、自分自身がどのような立場にあるのかということを知りたいといつも思います。そして、そのためには自分自身が「外」に立つことが必要です。あるいは、「外」に立って考えようということです。荒木さんのいう「教育」とは、「外」に立って見、考え、そして行動する教育でもあるでしょう。それはまた、クリスチャンとして育った荒木さんの「人間」に対する普遍的な態度といえるのです。

わたしは、人間にはほんとうの心が大切だと思ってきました。政治する人はほんとうの政治をする心が欠けていると思う。わたしのことばでいうと、基本。人間、どこから来て、どこへいくかという「基本」の「基」を学ぶことのできる教育が大切だと思います。

そこを知ったら逆に生きていくことがむずかしいかもしれない。知らんほうが生きやすいかもしれない。しかし、知るということの恐ろしさ、そのことを克服していくことが大切だと思います。人間もモノも同じ、勝手に生きようとするでしょ。それは何も知らんからよね。その怖さね。それじゃあ、それはアメリカにはあるか、ヨーロッパにはあるかというと、同じように苦しんでいると思う。でも、日本の場合、家庭のなかに宗教がない。仏壇はあるけど、宗教がない。教えもない。まだヨーロッパには日本よりちょっとあるような気がする。だから「神さまがみてますよ」といえるでしょ。「神さまがみてます」というのが、日本にはない。何でこんなにいい加減というか自分勝手が通じる国になったのでしょうか。

「基」は「もととなるもの。またはもととすること」と、『広辞苑』に記されています。荒木さんには、その「基」が戦後の日本社会からみえてこないのです。もちろん、戦前の皇国史観に基づいた「基」ではありません。一人ひとりの命が大切にされる「基」であり、自然が大切にされる「基」なのです。宗教学者のM・エリアーデは、『聖と俗』のなかで「人間が聖なるものを知るのは、それがみずから顕われるからであり、しかも俗なるものとは全く違った何かであると判るからである(3)」と書いていますが、そうだとすると、荒木さんがいう「基」とは、「俗なるもの」のなかに打ち立てられた理想といえるのではないでしょうか。その理想を失った人には、「聖なるもの」も顕れないのです。ドイツの哲学者カントがいった「倫理的(自由)な行為」といってもいいでしょう。荒木さんが話す「お上」にまつろわない「倫理的(自由)な行為」です。赤松さんや荒木さんが強調する「いのちの大切さ」は、「倫理的(自由)な行為」

を欲する意識によって顕れてくるのです。そのことを荒木さんは「基」ということばで話したのです。

川土居さんの「分岐点」を聞いてみましょう。川土居さんははっきりと二つの点をあげます。その一つは、戦争で大切な人が亡くなったことです。それも敗戦を直前にした一九四四年四月に召集され、四五年三月の戦死だったのです。大切な人を亡くした戦争責任については前述しましたが、天皇の戦争責任・戦後責任について聞いてみました。

天皇って気の毒だと思いません？　写真も笑っているのは報道してはいけなかったのですね。もともと写さなかったと思いますが。昭和一〇年に東京駅で、満州皇帝を迎えたときに笑った写真が不許可になっています。天皇は笑ってはいけないということですね。また、真横から天皇の写真を撮ってもいけなかったそうですね。猫背がわかるからということだそうです。

わたしが嫌だなと思ったのは、天皇とマッカーサーの会見です。マッカーサーに会って、自分の地位はどうなってもいいといったということになっているけど、実際はそうではなかった。

それと、原爆投下についての記者団からの質問に、原爆が墜ちたのは仕方がないというようなことをいったでしょ。あのときも呆れましたね。

何でも自分に都合のいいようになっています。そのなかでも戦争をしたのは軍部であり、戦争を止めたのは自分だといったのが一番気にいらんかったです。天皇は戦争はしたくないのに、まわりが、東条がしたのだといって、そのあとで止めたのは自分であるといいました。そんなことはないです。

マッカーサーと天皇の会見は、一九四五年九月二七日に行われています。敗戦から一ヵ月半経っています。新聞に写真が掲載されたのは、二日後でした。マッカーサーの回想記によると、そのとき天皇は、戦争責任について、自分が全責任を負っていると語ったことになっています。それを讃えるかのように、イギリスのジャーナリストであったレナード・モズレーの『天皇ヒロヒト』の「まえがき」には、「天皇が、いかに勇気をふるい、機略を用いて陰謀者どもの裏をかき、戦争を終結させた(4)」といった話が出てきました。敗戦から二一年、先進国に仲間入りしたという日本人を喜ばせたことでしょう。しかし、天皇がマッカーサーに会うほんとうの目的は国体護持、つまり自分のためだったというのが、近現代史研究者のおおかたの見方です。

また、原爆投下の件は、一九七五年一〇月のことでした。天皇は、「遺憾に思っていますが、こういう戦争中であることですから、どうも、広島市民に対しては気の毒であるが、やむを得ないことと私は思っています」と記者会見で話していますが、天皇の戦争責任を明確に判断し得るのが、川土居さんなのです。こうした川土居さんの厳しい批判は、仏教者の戦争責任を問うた禅僧、市川白弦の「自らの臆病の背後を遮断し後退不可能にする壁として、天皇制批判の自由を堅持する意志を、証言しておく必要がある」(5)ということばを思わせるのです。

川土居さんのもう一つの「分岐点」となるのが、部落問題です。部落問題との出会いは、小学校の教師をしていたときです。一九六五年に赴任した貝塚市立東小学校で部落問題との出会いがありました。東小学校は同和関係校だったのですが、それまでまったく部落問題とは関係がなかった川土居さんは、赴任先である東小学校へ最寄りの駅からの略図を書きながら、その出会いを話しました。

駅がここにあって、部落がこっちにあって、部落を通ってこの道を行ったら学校に近いのに、まず赴任したときに部落を通らない道を教えてもらいました。だから、駅から学校へ通うのに、回り道をしていたのです。もうそれだけで差別しているとわかりました。でも、はじめはそれが差別だとわからなかったのです。教えられた道が通学路だとあたりまえに思っていたから。そのことがまずは嫌だったのね。それと、ここの学校は「提灯学校」といわれるぐらい遅くまで学校にいなければならなかったのです。嫌でほんとに辞めたいと思ったこともありました。

クラスの二割ほどの子どもが部落から通っていました。「同和率二割」といわれていました。こんなこともあったんですよ。家庭訪問で子どもの家に行って、いろいろ話をして帰ろうとしたら、父親が、「先生、送っていくよ、駅まで」というんですよ。「一緒に行こうよ」と。「ええよ、道はわかっているから」といったんですが、きっと話したかったんよね。田んぼのあぜ道を歩きながら、「先生なあ、こっちはな一般地区やねん。こっちはわいらの部落の田んぼやで。ここに生まれたばっかりに、わいらずーっと辛い目してきたんや」といったんです。わたし、何ともいえなかった。一歩隔てたこっちに生まれたばっかりに、差別されてきたのね。

川土居さんは部落と出会った最初の気持ちを本音で語ってくれました。しかし、嫌だった川土居さんが変わっていくのです。

それから勉強してね。こんな差別は許せないと思ったんです。少しずつわかっていったというか。「同和対策審議会答申」（一九六五年八月）が出たのがその頃です。それからは本気になって勉強しました。井上清さん（『天皇制と部落問題』等の著者）の話を岡山まで聞きに行ったり、本をずいぶん読みました。それからですね、はっきり目覚めたのは。勉強せんとあかんと思いました。

勉強する姿勢は八〇歳を超えたいまもまったく変わっていません。川土居さんと部落問題との関係に特筆すべきことがありました。それは、大阪府下の「被差別部落の民俗伝承に関する、古老からの聞き取り調査」に参画され、部落の人たちと出会い、話を聞き書きする、そのもっとも基礎的な作業を担ってきたことです。摂津、大阪市、河内、そして泉州の各地区に分かれての聞き取りは三年に及ぶものでした。その成果は、『被差別部落の民俗伝承』上下二巻（部落解放研究所編、一九九五年、解放出版社刊）に著され、これまでに類例のない調査研究となりました。「現代の私たちに、『人間とは何か?』『人間とは何であったのか?』を問いかけ、新しい『地域の文化』『人間の文化』を構築するきっかけになればしあわせである」という願いをもった大事業でした。川土居さんの部落についての理解が確かなものとしてあるのも、このような仕事に身をもって取り組んだからにほかありません。

部落差別について、フィールドワークを行ったんです。あるおばあさんからは、人生の通過儀礼、葬送について聞きました。「死んだときどうするの」と聞いたら、「わいら坊主にするわ」というのね。「何でよ」と聞いたら、「女は業《ごう》が深いさかいなあ。このままではお浄土に往かれへんやで。そやから、わたいら坊主にして男になってお浄土に往くんや」と。そのとき、ものすごく悲しかった。この人ら、この世の社会で差別されて、向こうへ往くときも差別されるんか、と。一生懸命信じているかわいいおばあさんをみていて、思わず「ああー」と唸ってしまいました。

また、別のおばあさんにお産のことを聞いたら、「わい、九人産んだ」って。だけどね、「一人目だけ産婆さんに来てもらった」って。「あとはひとりで産んだよ」っていうのよ。「どないして産んだの」と聞いたら、「大きいテーブルとか柱みたいなしっかりしたものを握って、大便するようにつくもって（「つくばって」の方言）、それで産んだよ」っていうの。自分でへその緒も切ったって。お母さんも子どもも元気だったんですね。一人だけ戦死したと聞きました。わたしの母と変わらないぐらいの年齢なの。わたしの母が明治三五年生まれ。そんな辛い、哀しい話をいっぱい聞かせてもらいました。いっぱい教えてもらいました。それからですよね。社会のなかで一番下積みに位置づけられたのが部落だと。そして、部落プラス障がい者であったり、部落プラス女であったりと、さまざまな差別が存在することを学びました。

「女は業が深い」からそのままでは往生ができない、男になって浄土に往くという教えを説いたのは、仏教です。変成男子説《へんじょうなんし》と呼ばれています。日本では近世の幕藩体制下の檀家制度のなかで、家父長制を当然とする社会の秩序のために仏教者（僧侶）が説いていました。「業が深い」という意味は、おしゃべりである、嫉妬深い、浅はかなどともいいますが、罪深く、仏から見放され、救われ難い存在である女のことをいいます。まさにジェンダーです。そうしたひどい差別をしておきながら、その一方で、業の深い女が救われると説いていました。それは、女性の社会的地位を貶めるとともに男に従属する立場を女性自らが認めるほかない信仰だったのです。仏教者は、それを心の問題として教化していたのです。部落の女性はそういう意味からいっても二重の差別を受けたのです。差別された人ほど信仰が深いのは、もうどこにも救われるものがなかったからにほかありません。仏教者は弱者の味方ではありませんでした。

現在、複合差別の問題が問われています。マイノリティである女性が中心になって問題提起をしています。部落、在日、アイヌ、沖縄などのマイノリティであることによって差別されることと女性であることによる差別が、複合的におこるという提起です。しかし、男／女の枠組みを超えたトランスジェンダーの人や同性愛者などのセクシュアル・マイノリティの人たちには、複合ということばだけでは捉えきれない問題もあります。

川土居さんは、そうした問題点をも理解し、『憲法』「改正」問題について先述した第一条をなくすこと、第二四条に「同性」を入れてほしいと考えます。セクシュアル・マイノリティの視点をもっている人であることがよく理解できます。「両性の平等」のみならず、そこに「両性および同性の平等」をというのです。

『憲法』第一条は、「天皇は、日本国の象徴であり、日本国民統合の象徴であって、この地位は、主権の存する日本国民の総意に基づく」と定められています。そして、この条文がGHQの意図によってつくられたということは定説になっています。『憲法』第一条の話が出ましたので、天皇制について聞いてみましょう。「第一条をなくす」という川土居さんは、現在の天皇制を次のようにみています。

雅子さんがあんなふう（病気）になったのは、皇室などというところへ入ったからでしょ。雅子さんの姿や顔の表情をみていると、「やっぱり皇室って変だ」と思ってしまうのね。

「君が代騒動」がおこったあるとき、「わたしが教師をしていた一九六九年には、校長を中心に一致団結して、卒業式のときに君が代を歌わなかった」という話を四〇代の若い人にしました。そしたら、「あそこの〇〇先生、××先生は君が代を歌っていた」という話になったの。その人は一緒に女性会議にも行っているから、わたしと同じ考えだと思って、「まだ君が代を歌う人がいるのよ」といったんですよ。そうしたら、彼女が「歌うのがどうして悪いの」といったの。話はそこで終わったのですが、「君が代」を歌うことを「あたりまえのことだ」と思っているのね。世代に関係ないことを知ったのです。

わたしも年代には関係がないと思います。「君が代」を書いてみます。

君が代は　千代に八千代に
さざれ石の　巌となりて
こけのむすまで

「君」は天皇のことをいいます。その後の歌詞の意味は、さまざまに解釈されていますが、一般には、天皇の御代がいつまでもいつまでも変わらず続きますようにということでしょう。そして、この歌によっていまも戦争の痛みを感じる人が国内外に生きているのです。なぜ、いまもって「国歌」なのかという思いを強くします。

荒木さんの詩集『窓』は、けっして高見から世のなかをみるのでもなく、逆に下から上をみるのでもない、水平の目線です。荒木さんその人が生きてきた態度から詠んだ作品ばかりです。そのなかの一つ（一節）を紹介しましょう。

世界にたったひとつしかない

わたしが　自分で　つくるもの

手づくりの

はたらき　あそび　をしよう

手づくりの

生き方　をして　死にたい

わたしたちが求めるべき市民社会と、そのなかでの「自由」が謳われている気がします。先述しましたが、「倫理的（自由）な行為」とは、国の道徳といった狭い意味、あるいは、学校や職場といった共同体だけで通用したり、強制される行為ではありません。「当為」ということばがあります。『広辞苑』には、「人間の理想として「まさになすべきこと」「まさになるべきこと」を意味する」と書かれていますが、それに相当するといえます。荒木さんの詩の精神は、荒木さんの人間としての当為だったのです。荒木さんのように、権威や権力に頼らない人間としての自由に立った生き方です。それはまた、人権が尊重される社会を生み出すもっとも身近な一歩だと思えるのです。
そんな荒木さんは、天皇制について次のようにおもしろおかしく批判します。

日本人のなかには、長い時間をかけてきっと天皇崇拝の精神がすり込まれているのよ。皇室を映すテレビって好きでしょ。雅子さんのことやら何やら……。ファッション感覚としてね。それと、ほんとうに違うなと思うのは、われわれの子どもが生まれたからといってもテレビになんか出んやろ。新聞に載せへんやろ。でも皇室は違っている。いつかいっか生まれますというの？　何であんなに騒ぐのかね。週刊誌のネタ、話題でしょ。跡継ぎがどうじゃら、「そんなん知るか」って。「勝手にせい」っていいたいわ。「お好きにしなはれ」って。

天皇教はだれが受け継いでいるの。皇室教みたいなものを受け継いでいるからおかしいのと違う？　人間同士でしょ。やっぱり天皇の神格化が問題やね。これがあかん。人間天皇になり、象徴になった。あの人ら自身も降りてきて一生懸命やっていると思う。いままでやったら、天皇さんが一般の人の手を触るとか跪くなんてあり得へんかった。いまはようやっているなと思うよ。だから象徴として、外交でも内交でもいいわ、ひとつの「器」としていい働きをなさっているなと、そりゃ思いますよ。人間として尊敬したいのよね。でも、やっぱり「神さま」になっている。

せっかく人間として降りているのやから、こっちも神格化したらあかん。もしこっちが声あげることができへんかったら、「わたしは神さまではありません」と天皇さんがもう一度いうたらいいと思いますね。「神さまではありませんから、特別扱いしないでください、同じ人間です」といわなあかんわ。

こうまでいえる荒木さんの天皇制への思いは、戦争を経て、「だまされた」という体験から、さらに加害者としての自分に到達できたからでしょう。確かに天皇制の問題は一筋縄ではいきません。荒木さんの生きる姿勢に合うべき天皇制は、いままたさまざまな価値を付加しようとする怪しげな動きで神格化をめざしています。右派の天皇のもち上げはこれまでになく過激さを増しているようです。「美しい日本」「戦後レジュームからの脱却」などというスローガンを叫ぶ右派の天皇観がそうさせているのでしょう。

荒木さんがいう「人間天皇」とは、一九四六年一月一日に発せられた「新日本建設に関する詔書」（いわゆる「人間宣言」）です。

朕と爾《なんじ》等国民との間の紐帯《ちゅうたい》は、終始相互の信頼と敬愛とに依り結ばれ、単なる神話と伝説とに依りて生ぜるものに非ず。天皇を以て現御神《あきつみかみ》とし、且日本国民を以て他の民族に優越せる民族にして、延《ひい》て世界を支配すべき運命を有すとの架空なる観念に基づくものにも非ず。

「相互の信頼と敬愛とに依り結ばれ」というものの、その関係をつくるには、荒木さんのいう「こっちから神格化したらあかん」と同時に、神格化しようとする人たちの言動に惑わされない意志を一人ひとりが築かねばならないのです。

――靖国神社問題

靖国神社問題の現在は、小泉純一郎氏が首相に就任（二〇〇一年四月二六日）して以来、再燃しました。彼は靖国神社に参拝することを公約に掲げました。そして、毎年実行しました。

聞き取りをしたみなさんが靖国神社問題についてどんな話をされるか興味津々でした。まずは戦前の靖国神社をどのように思っていたかを聞きました。

赤松さんは次のように話しました。

靖国神社はもちろん知っていたわ。戦争に行って、国のために戦った人のためのものと思っていました。「靖国で会おう」とか、そういうことばは飛び交っていました。修身の教科書で教えられたとおりに、間違いなくしっかりとそう思っていました。

赤松さんが学んだ小学校の修身の教科書を開いてみると、靖国神社は次のように書かれています。

東京の九段坂の上に、大きな青銅の鳥居が、高く立ってゐます。その奥に、りっぱな社が見えます。それが靖国神社です。

靖国神社には、君のため国のためにつくしてなくなった、たくさんの忠義な人々が、おまつりしてあります。

毎年春四月三十日と、秋十月二十三日には例大祭があって、勅使が立ちます。

また、忠義をつくしてなくなった人々を、あらたにおまつりする時には、臨時大祭がおこなはれます。その時には、天皇陛下が行幸になり、皇后陛下が行啓になります。

お祭りの日には、陸海軍人はいふまでもなく、参拝者引きもきらず、あの広いけいだいが、すきまのないまでになります。

君のため国のためにつくしてなくなった人々が、かうして神社にまつられ、そのおまつりがおこなはれるのは、天皇陛下のおぼしめしによるものであります。

私たちの郷土にも、護国神社があって、戦死した人々がまつられてゐます。

私たちは、天皇陛下の御恵みのほどをありがたく思ふとともに、ここにまつられてゐる人々の忠義にならって、君のため国のためにつくさなければなりません。

(『初等科修身』二「靖国神社」)

赤松さんの話を続けます。

そのときは、全体の雰囲気、国全体の雰囲気として、「死んだら靖国で会おう」と口にしていたことを聞いていました。出征していく人をみんなで万歳をして送りました。「君のため国のため」だということをだれひとり疑うことなしに。雰囲気というのかしら。だれかひとりでも異議を唱える人がいれば、そんなこともなかったやろうけど、ドォーとなっていったと思います。全体の雰囲気として。だれから聞いた、どこから聞いたかなど問題ではなくて、大きな流れというか、大きな雰囲気というか。右を向いても左を向いても、出征していく人がいる。そして、みんな「靖国で会おう」とか「靖国に祀られる」とかいっていました。国全体として、だれひとり疑うことなく。わたしは、師範時代よりもっと前に、子どものころから、そのように思っていました。親もそう思っていました。

荒木さんはどうでしょう。

靖国神社は知っていました。天皇陛下のために尽くしたらそこに祀られる。お国のために尽くした人がそこに祀られる。だから名誉の戦死だと聞いていました。天皇陛下のために死ぬことがいかに名誉かと。「靖国神社に祀られるんやで」と。「靖国の神とならん」というのが、みんなの合いことばでした。「手柄たてて来いよ、靖国で会おうぜ」といっていました。

女・男関係なし。学校で教えられていました。女とか男とかの差別も〝戦争する〟ことではなかったと思います。いかに男たちを後顧の憂いなく安心して送り出すことができるかが、女の務めでした。それが学校教育の主要なテーマでした。

川土居さんです。

朝鮮にいてももちろん靖国神社のことは聞いていましたよ。名誉の戦死をした人がいくところって聞いていました。しかし、わたしは、男の兄弟もいないし、父の弟が召集されていったけど、傷病兵になって帰ってきましたしね。身内で戦死した人はいなかったので、身近に感じることはなかったです。

母も同じことをいいました。

靖国神社は知っていました。子どもの頃から聞いていました。臨時教員をしていたときには子どもたちに教えていました。軍人が死んだら祀られるところだと。

四人の話を聞いてみると、地域的なことや身近な人の戦死のありなしなどで、靖国神社の存在感にも温度差がありますが、大切な彼を戦争で失った川土居さんは、戦後、彼が靖国神社に祀られたことを知ります。

戦争が終わってから彼が靖国神社に祀られていることがわかったでしょ。靖国神社を恨みこそすれ、彼と靖国神社を結びつけることはまったくなかったです。ぜんぜん思わなかったです。何でやろ。靖国神社は頭のなかにぜんぜんないです。でも、現実はなかなか思うようにいかないわね。彼の妹さんとはずっと年賀状のやりとりをしているけど、近年、こういう年賀状が来たの。「昨年秋に靖国神社遊就館へ出向き、兄の写真を飾って貰う様に申し込みました。十二月にはかざられたと思います。上京の折には行って見て下さい」と書いてありました。遺族とはこうなるのかーと、気が重いの。

川土居さんは、戦後、東京へ行く機会があっても靖国神社に参拝することはありません。彼が靖国神社に祀られているという感覚がないのです。彼も靖国神社に祀られることを望まなかったと思うというのです。妹さんの年賀状を読んだ後も心を動じることなく、「行かない」と断言します。
そんな川土居さんが靖国神社の存在に関心をもつようになったのは、「合祀取り消しの請求」からだそうです。

靖国神社のことを知っていたのは知っていたけど、深く知ったのは、キリスト教の人たちが合祀取り消しを請求したときでした。
靖国神社は必要ないと思いますね。国が勝手にうまいこと利用して、あそこへ祀っているんであって、ほんとにあそこへ祀ってほしいと思っている人がどれだけあるのか。むしろ戦後になって、遺族の心のよりどころがほかにないこともあって、「靖国神社、靖国神社」というようになったのね。わたしは、好きな人が靖国神社に祀られているけど、行きたくないです。本人の意志でもないのに、勝手に祀ってくれなくてもいいと思います。彼は、靖国神社に来てなんて、ひとこともいわんかったわ。

川土居さんの話のなかに出てくるキリスト教の人たちの合祀取り消し請求は、一九六九年にできた「キリスト者遺族の会」が行った請求です。また、宗教的人格権として合祀の取り下げが裁判になりました。一九七三年の「自衛官合祀拒否訴訟」です。公務中に事故死した自衛官のキリスト者の妻が山口県護国神社への合祀を宗教的人格権を侵害するとして訴えたのです。自衛隊が勝手に合祀申請の手続きをし、隊友会が名義人となって合祀しました。山口地裁は、判決で「配偶者の死に対して、自己の死に準ずるほどの関心を抱くのは通常であり、従って他人に干渉されることなく故人を宗教的に取り扱うことの利益も、右にいう人格権と考えることが許されると解される」と判断したことは、「人権」の視点からも明記しておかなければならないでしょう。そして、合祀が「違憲」であることを判断したのです。しかし、同裁判は一五年間をかけ最高裁まで争われましたが、最高裁では地裁の判断した宗教的人格権を認めず、「合憲」の判断を下したのです。

こうした宗教的問題である靖国神社問題は、また戦争責任・戦後責任の問題として深く受け止めなければならないでしょう。

赤松さんは次のように話しました。

小泉首相の参拝から靖国神社のことを考えるようになりました。首相の参拝に韓国や中国が強く抗議しています。そこに祀られている遺族には、個々の感情もあるだろうし、それに戦前にあれだけ教育されていたことを思うと、きっと戦死した人たちは、ほんとうに祀られていると思っているかもしれない……。それはそれでいいような気もします。しかし、国を背負っているような人が「靖国神社」の果たしてきた役割に何の疑問ももたないで参拝するのはおかしいと思います。

荒木さんの話に移りましょう。

わたしは戦争犯罪人、A級戦犯が祀られたのはいつか記憶にないの。東条以下がというでしょ。

A級戦犯の合祀は一九七八年一〇月です。靖国神社が密かに行ったのです。そのことが明らかになったのは、翌年の四月です。そして、それが国際社会で問われたのは、一九八五年八月一五日に中曽根康弘首相（当時）が靖国神社に参拝したときから始まります。侵略戦争の犯罪者であるA級戦犯が祀られている靖国神社になぜ首相が参拝するのかという批判でした。

ところが、こうした批判に対して、右派の知識人は強烈に反発しました。その論拠は、「戦犯合祀は官民一体の作業であった」というのです。信じられないような話ですが、その経緯はこうです。戦前、靖国神社は陸海軍の所轄でした。つまり合祀の作業（手続き）は軍によって行われていたのです。敗戦後は軍も解体し、靖国神社も単立の宗教法人の一神社になったのです。しかし、占領後（サンフランシスコ講和条約の発効の一九五二年以後）、復員業務と遺族の援護業務を行った厚生省（当時）が合祀手続きを引き継いだことから、合法だというのです。厚生省は、一九五六年には「靖国神社合祀事務に関する協力について」という通達も出しています。簡単にいえば、厚生省が靖国神社へ合祀名簿を連絡していたということです。それがなかったら、靖国神社はだれを合祀していいかわからなかったのです。

しかし、こうした経緯によって、靖国神社への合祀をあたかも公的なものと考えたり、また戦争責任・戦後責任の問題が払拭できたと考えることは愚かといわなければなりません。右派は、アジア各国からの批判を「内政干渉」といって反発します。靖国神社に参拝した当時の小泉首相も「どこの国でも、その国の歴史や伝統を尊重することに関し、とやかく言わないと思います」（『朝日新聞』二〇〇四年）といっています。しかし、それは「他者の傷み」を共有できない無知な反発です。

「東京裁判」を否定する右派知識人も多いですが、国際法を否定した日本の戦争責任が国際法を遵守しようという国によって行われたのは当然のことであり、「サンフランシスコ講和条約」を受託したことは「東京裁判」を日本国家が受け入れたことを意味するのです。そうした「東京裁判」も天皇を免責したこと、「慰安婦」問題が裁かれなかったことなどの不備な点は残るのですが、戦後責任のひとつの出発点でありました。

荒木さんの話に戻りましょう。

わたしは戦犯が祀られているというのは知っていたし、冗談ではないと思っていました。その上、なぜ一国の首相がそんなところへ参拝するのですか。戦争で死んだ人、自分の兄弟かもしれないけど、そういう人は勝手に行ったらいいけど、A級戦犯のところへ行くことを是認しているわけでしょ。そこにA級戦犯が祀ってあると思ったら、やっぱりおかしいと思います。東条さんの孫が行くのは勝手かもしれないけど……。私は行きません。宗旨も違う。

戦争をおこした人が祀られているのに、何で手を合わすんですか。あんた、戦争が好きか、と。人を殺したいんか、と。小泉首相がどうしても行きたいというなら、夜中にパジャマでも着て行ったらよろしいんや。夜中に誰もおらんときに。それにわざわざ祭壇に上がらんでもいいでしょ。私人ならなんぼでも行きなはれ。そやけど、日本の総理大臣という肩書きがある以上、それはいけませんでしょ。

首相が参拝することがおかしいということを何でわからへん日本人がいるのかな。おかしいとわからへんのがおかしい。

八月一五日に行われる全国戦没者追悼式で天皇が行くじゃないですか。わたしの友だちで行ってきた人、誇りに思っています。誇りよ。「わたし、選ばれて行ってきた。あの場所で読んだの」というの。そういうことばを聞くと、やっぱり天皇崇拝の心情だと思うわ。日本人の思想のなかに、なかなか消せないものとしてあると思います。天皇さんにお会いしたという。それがすごいことになっています。議員をやっている人が園遊会に呼ばれて金杯の記念品をもらい、喜んでいる。同じことだと思います。

靖国神社問題について、わたしが子どもの頃には何もいわなかった母でしたが、浄土真宗の寺院に生活していることと弟とわたしの影響で靖国神社問題の勉強を始めました。まずは小泉首相の靖国神社参拝問題から聞いてみました。

――小泉首相の参拝についてどう思ったのですか。

靖国神社に参拝しないで、戦死した人に対して敬意を表するというなら、あたりまえのことだと思った。戦死した人はほんとかわいそうだもの。とくに特攻隊で亡くなった人なんて。みんな若い命を落としたのだから。ばかばかしいことよ。

――浄土真宗の人が靖国神社に祀られているのはどう思いますか。

いまはおかしいと思う。だから、小泉首相の参拝もおかしいと思う。

――その理由は?

小泉首相が参ることをうれしいと思っている門徒さんもいるのよ。それがあたりまえだと思っています。多くのお寺でもそうだと思います。でも、うちの寺は違う。しょっちゅう、住職(息子)がその問題をいうから。真宗の寺院でもおかしいと思っている人は少ないのではないかと思う。

住職は、この辺りの祭を自治会が主催して行うのも間違いだといっている。だから、寄付を集めに来るときにうちの寺は出さないの。地域の人からは理解されないから「あの寺はケチだ」といわれていると思うわ。「うち(寺)の報恩講(宗祖親鸞を讃える法会）を自治会でやってほしいなんてことをいうわけがない」と、住職はいうの。そんなだから、「あの御院家さん（住職）は変わったことばっかりいう」とみんながいうけど、信心を政治や町のためにというのは、間違っていると思う。わたしも住職がいうとおりだと思う。

息子から「読んだら」といって渡されたパンフレットをみせてくれました。浄土真宗本願寺派が出している『共にあゆむ　47号』（二〇〇〇年一〇月発行）で「神祇《じんぎ》不拝」がテーマのパンフレットです。そこに前述した同じ島根県の浄土真宗本願寺派の僧侶である菅原龍憲さんが「あらためて『ヤスクニ』を問う」を書いています。菅原さんは一九四〇年生まれで、父龍音さんを一九四四年一月ニューブリテン島で戦病死で失っています。龍音さんが靖国神社に合祀されたのは一九五一年一〇月だったことを後に知ったそうです。菅原さんの大きな転機は一九八五年八月一五日の中曽根康弘首相（当時）の靖国神社への公式参拝からです。

菅原さんは、そのときの気持ちを『靖国訴訟』のなかで、次のように話しています。

私はあの日、テレビの前にくぎ付けになっていました。今でも忘れないのは、私と同じ遺族が首相の参拝を拍手と歓声で出迎えるシーンでした。侵略戦争の加害者にされ、無惨に死んでいった肉親は、国家の被害者です。それなのに英霊として讃えられてなぜ遺族が喜ぶのか。国家に怒りをぶつけずに、遺族が拍手で迎えるのは、明らかに倒錯です。遺族だけでなく日本人の多くは、「靖国の檻」の中にいるのだとわかりました。（中略）親父を国家に顕彰も感謝もされたくなかった。尊厳が踏みにじられたと思いました。これがきっかけで、靖国から父を取り戻さない限り、人間としても解放はないと思いました。(4)

それ以後、現在に至るまで、「真宗遺族会」の代表として活躍し、何度も靖国神社へ合祀取り消し請求を行い、靖国訴訟の運動に身をもってかかわっています。

母が読んだ菅原さんの「あらためて『ヤスクニ』を問う」には、次のような文章があります。

私たちのぬぐいきれない「お上」意識があり、私たちはどうかすると国家という枠組みでものを考えてしまうというところがあるようです。

「お国のために死んだ戦死者を国が祀らなければ犬死ににになります」とある遺族

の方から切々と訴えられたことを思い起こします。国家が祀らなければむだ死になると。「お国のため」という言葉につい沈黙してしまいます。しかし国のためならば多くの生命が犠牲にされるのも止むを得ないといわれるときの国とはいったい何なのでしょうか。(5)

荒木さんがいう「天皇崇拝」は、「お上」とは何かを問うもっとも具体的に表現したことばです。そして、今回聞き取りしたみなさんが「天皇崇拝」を国民の道徳として教育されてきた世代でもあるのです。「君のため国のため」と教えられ、「御真影」に頭を垂れて、身体的にも徹底的に「お上」を敬い、追従することを教えられてきたのです。母にとっても「お上」意識は強いものがありました。天皇や国家に対峙してはならない存在が、国民でした。「赤子」などとも呼ばれたのです。そうした「お上」意識を荒木さんも問題にしているのです。荒木さんは、「だまされた」という意識変革を「分岐点」として乗り越えてきました。一方、私の母はそれがなかなかできないでいましたが、息子や娘のわたしとの対話のなかで考え、そして自分の信心のなかで対峙できるようがんばっているのです。その「分岐点」こそが靖国神社問題だったのです。

靖国神社問題は、たんにそこに参拝するしないの問題ではありません。聞き取りした四人の女性の主体性を奪う存在として、靖国神社問題が存在していることがわかります。それは、先述してきたように戦前の教育の目的でもあったのです。そして、その亡霊を呼び出そうとする右派の政治が国を支配しているのです。菅原さんは、真宗の信仰を通して、その亡霊との闘いを次のように書いています。

かつて支配秩序に無自覚に従属してきた私たち宗門の歴史的反省から、信心を問い直し、「信心の社会性」をテーマにした基幹運動の取り組みが始まりました。状況の推移に追随するという安逸な生き方に決別し、戦争、差別、排除という現実に向き合い、真宗門徒としての社会的な立場を明確にして生きていきたいと思います。(6)

菅原さんの文章に、母は共鳴するようになったのです。

毎年学生に講義する靖国神社問題も、近代に靖国神社ができた歴史から話しますが、以前にこんな経験をしたことがあります。非常に軽い気持ちで、「靖国神社がいつできたかを知っていますか」と問いかけ、前のほうに座っている学生に聞きました。

「昔」という答えが返ってきたので、明治という時代はもう学生には遠い昔のことなのだと考えましたが、あまり漠然としているので、「いつの時代の昔？」と聞き返しました。答えは「古代」でした。日本の神社のイメージが古代にできたと思わせているのでしょう。それもイメージだけの話ですが、靖国神社が他の神社とは違い、特別な意味をもっていることも知らないで、近くにみる神社をイメージして答えたのかもしれません。または、故郷の秋祭が行われる神社感覚で考えていたのかもしれません。それ以来、靖国神社の成り立ちからいわねばならないことを痛感したのです。

一八六九（明治二）年、戊辰戦争という薩摩長州連合軍である天皇方と幕府軍の戦いの結果、勝利した天皇方を「官軍」といい、負けた幕府方を「賊軍」といったのです。その天皇方に忠心を尽くして戦死した人を祀ったのが招魂社（最初は京都の招魂社）の始まりです。これまでの日本の御霊信仰には、恨みをもって死んだ人を神にして祀る伝統がありましたが、招魂社の成り立ちには、戦争によって死んだ相手方を捨て置くという新たな考え方が打ち出されたのです。天皇方につかないと、戦死後、祀ってもらえないという新たな意味が付加されたのです。

しかし、「官軍」も「賊軍」も知らない学生は関心を示さないので、この話を始めると憂鬱になります。戊辰戦争は学生にとって「とおーい昔」のことなのです。

その後も、官軍は会津、函館で幕府方を破り、天皇方の戦死者を祀った東京招魂社が、一八七九（明治一二）年、別格官幣社靖国神社になります。その管轄は陸・海軍省でした。一八七九年には内務省も管轄します。靖国神社は、天皇方で戦死した兵士を神として祀る神社であり、戦死者の「名誉」ある行為を顕彰し、戦死者を「慰霊」するためにあり、神が次から次に増える軍国神社です。天皇制政権が樹立し、国内の戦争はなくなりました。そのため以後は、日清・日露戦争をはじめとする外国との戦争で戦死する兵士ということになります。後に従軍看護婦や満州開拓団員という立場の人も祀られますが、基本的には軍人軍属の男性です。そうした靖国神社は、国家神道の中核をなし、近代国家と戦争という切っても切れない関係をもとに、天皇を頂点とする国体を護持させる精神を国民に徹底的に内面化させる宗教施設なのです。そのための教育の基本となったのが『教育勅語』です。『教育勅語』は日常生活における家族の関係も徹底的に教えました。そして、そうした精神に基づいて靖国神社の存在が教えられたのです。宗教的な教化といってもいいでしょう。先述した初等科修身の「靖国神社」の文章は小学生を対象に教えられました。聞き取りしたみなさんもよく知っていたのです。

さらに、戦後の靖国神社の出発を説明します。単立の宗教法人を選択した靖国神社が戦前とのつながりを切らないまま「合祀」を続け、生き延びてきたことを学生は初めて知ることになります。靖国神社問題が『憲法』との関係で考えられなければならないことも理解します。

靖国神社のこうした歴史を、右派がめざす現在の『憲法』第九条の「改正」と結びつけて考えると、国家がおこした戦争で戦死した人をどう祀るかという問題が再び浮上してきます。外国では、戦死した兵士を国が祀るのを当然としている国がほとんどです。それを自明のこととして、うまく利用しながら靖国神社参拝をくり返し行ったのが、小泉首相だったと思います。戦前の靖国神社をきちんと相対化しないまま、世界の世論も意に介さず、靖国神社への参拝を「国民の道徳」という位置づけで強行したといえます。

また、靖国神社が戦後、一宗教法人となったことをきちんと捉える必要があると思います。そして、『憲法』に照らした靖国神社のありようが考えられてしかるべきでしょう。一宗教法人が国家の祭祀を代行し、国家と結託することはあってはなりません。国家と宗教の関係のあり方については、『憲法』のみならず、『教育基本法』にもその主旨を読みとることができます。

靖国神社では、国家の要請を受けて死者を祀ることもできないにもかかわらず、戦後の合祀もA級戦犯の合祀も行われてきたのです。もし靖国神社が合祀したいということであれば、靖国神社は一人ひとりの遺族との関係において「了解」をとるべきです。それが民主的国家における最低限のルールです。現状の国家と靖国神社の関係には、政教分離と信教の自由が守られていないことを指摘するだけではなく、国民の主権ともいえる「公権的な基礎」を踏みにじっているのです。

そしてもっとも重要なことは、戦争とは何かを基本に立ち返って考えることが大切だと思います。また、戦争に伴う軍隊の意味を考えることも必要です。ドイツの有名な哲学者であるカントは、『永遠平和のために』のなかで、「常備軍そのものが先制攻撃の原因となるのである。そのうえ、人を殺したり人に殺されたりするために雇われることは、人間がたんなる機械や道具としてほかのものの（国家の）手で使用されることを含んでいると思われるが、こうした使用はわれわれ自身の人格における人間性の権利とおよそ調和しないであろう(7)」と書いていますが、戦争を批判し、否定する「法」を国際社会は、確立することができないのでしょうか。戦争を否定することがいかに困難であるかは、現実の状況からも頷くことができるでしょう。毎日のようにイラク戦争で死者が出ている現実を肯定していいはずがありません。だからこそ、戦争を否定する「思想」が必要となるのです。そうしたなかで、『憲法』第九条は、国際社会に「戦争の否定」を謳っている唯一の国家の「法」なのです。

靖国神社に関連していえば、死者の祀り方の問題も看過できません。わたしは、どんな事情で亡くなっても個人の意志に従って祀られるべきだと考えています。本人が祀られたい方法で祀られることがもっとも故人の遺志にも宗教的精神にもかなっていると考えるからです。それが『憲法』の政教分離にも信教の自由にもふさわしい方法ではないかと思います。

最後に母にこうした聞き取りをしようと思ったのは、わたしとの関係のなかで大きな変化があったからです。親子関係というのは、親子だからという、たんにそれだけではいい関係を結べません。母との関係がうまくいきだしたのは、父の死後からです。わたしがフェミニズムに出会い、男と女の関係を考えるようになり、そして、わたし自身の問題にいちおうの決着がついた頃から少し心の余裕が出てきたのです。その時、母のことを思わずにはいられませんでした。父と母の関係に無関心ではなかったのですが、その頃になって手に取るようにわかってきたのです。一九二〇年代に生まれている二人の結婚後の関係は、表面的には強い父ではないのですが、家父長制のなかの夫婦関係そのものでした。完全に父に合わせる母の姿がありました。父を住職として迎え入れたので、よけいに気を遣う母であったのでしょう。子どもに対しては優しい父であっても、母に対する夫としての父は世間の男性とそう変わりはなかったのです。それでも住職であるという意識や立場が、門徒の人や近所の人の手前もあり、ストレートに自分の感情を出さずにいました。子どもの頃、何が問題かはわかりませんでしたが、夫婦が険悪な関係にあるさなかに、門徒の人が訪ねて来られた一瞬、住職と坊守になりきって応対していたのです。

フェミニズムを学んだことは、ジェンダーの呪縛からわたしを解放してくれました。同じ思いをしているだろう母にもわたしと同じ解放感を味わってほしいと願い、学んだことを母に伝えました。自分の思いを大切にして、父に合わせるのではなく、自分の考えを話したらという提案から始めました。しかし、第一声は「娘のあんたにいわれたくない」でした。それもそのはずです。夫婦の関係のことを娘にあれこれいわれ、これまで生きてきたことを否定された気持ちになったのだと思います。「夫婦のことはいくら娘でもわからない」といわれれば、それはそうです。二人が納得して関係をもっていれば、それでいいのかもしれません。しかし、わたしはその後も諦めませんでした。気づかないままでいるからわからないのであって、わたしが気づいたように、少し立ち止まればわかることだから、機会があるたびにわたしの思いを伝え続けたのです。

しかし、母はまったく気づいてくれようともしませんでした。ところが、父が亡くなった（一九八六年五月）年の夏休みのことでした。葬式が終わって帰るときには、あれほど落ち込んでいた母とは見違えるほどにいきいきと生活をしていました。そのとき、「あんたがいっていたのは、このことだったのね。わたしはお父さん（父をそう呼んでいた）から解放された」と。わたしは驚きました。「お父さんに申し訳ないけど、こんないい人生が待っているとは思わなかった」とも。フェミニズムもジェンダーということばも使わないで話していたことが、父が亡くなってからその意味というか、その思想に気づいたのです。

「縛られているなんて思いもしなかった。亡くなって初めて気がついた。結婚すれば妻として、親になれば母として、あたりまえに生きてきた。そういうことは毛の穴から入るように入っていた」というのです。信心は毛穴から入るという昔風の教えを使っていったのは、母が真宗の教えを聞いて育ったからでしょう。わたしは名言だと思いました。

赤松さん、荒木さん、川土居さんからも解放された生き方を聞き取ることができました。戦前、戦中、そして戦後という大変な時代を教育や社会を通じて、そのときどきの現実と真っ向から対峙して生きてきた姿に感動を禁じられません。母にも似たものを感じます。その後、わたしの本を読み出した母でしたが、内容を理解しようとする姿はとてもうれしかったです。こういう関係になったからこそ、母からも今回の聞き取りができたのです。

註

(1) チャールズ・M・オーバビー『地球憲法第九条』たちばな出版、二〇〇五年、七四頁
(2) 柄谷行人「再びマルクスの可能性の中心を問う」『文学界』文藝春秋、一九九八年八月号、一九三頁
(3) M・エリアーデ『聖と俗』法政大学出版局、一九六九年、三頁
(4) L・モズレー『天皇ヒロヒト』毎日新聞社、一九六六年、「まえがき」
(5) 市川白弦『仏教者の戦争責任』春秋社、一九七〇年、六二頁
(6) 田中伸尚『ドキュメント靖国訴訟—戦死者の記憶は誰のものか』岩波書店、二〇〇七年、一八四頁
(5) 菅原龍憲「あらためて『ヤスクニ』を問う」浄土真宗本願寺派『神祇不拝　共にあゆむ　47号』

本願寺出版社、二〇〇〇年、一〇頁

(6) (5)に同じ、一三頁

(7) カント『永遠平和のために』岩波文庫、一九八五年、一六～一七頁

おわりに

二〇〇六年の秋から始めた聞き取りから、わたしがもっとも感じたのは、戦前・戦中・戦後を生きてきた人の八〇年を超える人生を一言でいうと、「すごい」としかいいようがないということでした。わたしは六〇歳を迎え、いろいろな意味で「しんどい」と感じ、「六〇年も生きてきたのか」と思っていました。しかし、聞き取りをした一人ひとりの年齢まで「まだこれから二〇年以上もある」と考えると、これからどのような人生が待っているのかという想像は、いまのわたしの思考能力を超えていると思わざるを得ません。早世した人には申し訳ないけど、「長生きは業績である」といっただれかのことばを信じたくなります。四人の人の人生はその人の業績です。そして、わたしにとって学ぶものがたくさんある業績です。

それぞれの人の話は本文に載せましたが、書くことができなかったことはまだまだたくさんあります。おわりに、彼女たちの個性的なプロフィールを紹介しておきたいと思います。ただし、これもまた彼女たちの一部分に過ぎないことをことわっておきます。母を除いて、みなさんが「おもしろい」人です。これは共通しています。会っていると、時間を忘れるのが何よりの証拠です。次から次へ話が弾み、その内容のおもしろさに引き込まれてしまうからです。

赤松まさえさんは小柄で、控えめな感じですが、足腰の強さにわたしはかないません。行かねばならない所には、どんどんと「歩く人」です。そして、その足腰の強さに匹敵するかのように、ほんとうにいわなければならないときは、物静かにしっかりと発言する人です。同じ小学校に勤めていたときの職員会議で、何度かそうした場面を目の当たりにしました。そんな赤松さんにわたしは惹かれていったのです。だから知り合った当時からずっと「赤松先生」と呼び、いまでもそのように呼んでいます。本書では、「赤松さん」と書いていますが、わたしには抵抗がありました。赤松さんはご飯が大好きな人です。そして、お酒はほとんど飲めない人ですが、シャンパンだけは好きです。甥の結婚式の披露宴で、乾杯の後、新郎新婦のビデオ紹介で部屋が暗くなったすきに、飲めない隣の人のシャンパンをこっそり飲んだエピソードは「窃盗罪（笑）」としていまでも語り継がれています。赤松さんの誕生日には、これからも長くシャンパンを抜き、お祝いを続けたいと思っています。赤松さんの世代には珍しく、シュークリームを焼く特技があります。洋菓子が大好きなわたしはそのシュークリームを楽しみにしています。そして、息子さんの手料理を毎晩食べている幸せな人です。「体にいいものをつくってくれるせいだと思うけど、夜中にこむら返りをしていたのに、この頃は全然しなくなったの。食べもののおかげだと思っているの」と、息子さんに感謝しています。

荒木タミ子さんは、一目見たとき、この人はほんとうにおしゃれな人だと感じました。最初に会ったときの髪の色は紫色でした。度肝を抜かれたことをいまも鮮明に覚えています。でも、そのときの洋服が、紫色の髪にぴったりの柔らかい感じで、風になびくようなすてきな洋服だったことに二度驚きました。そして、その繊細さとは別にものすごく豪快な人です。身振り手振りを交えた話し方は、まるでオペラを聴き、観ているようです。その上に大阪弁です。岸和田弁ともいえるのでしょうか。音楽が大好きな荒木さんの話術の特徴だといえます。だからついつい引き込まれてしまいます。自宅を改装して、音楽会や講演会を催したりされます。もちろんパーティが大好きな人です。パーティには何十種類ものお酒がテーブルに並んでいます。「好きなんを飲みなはれ」と豪快に勧められます。そして、テーブルに並ぶ料理のいくつかは、彼女自身の手によるもので、おいしさにうっとりします。わたしの友人はわたしとはまったく別のルートで荒木さんと知り合いだったりするほど、多くの仲間をもっています。豪快なだけではなく、繊細な人であることを実感したことがあります。荒木さんが炊く黒豆です。それはもう絶品です。これまでいろいろ炊いた黒豆を食べてきましたが、荒木さんの右に出る人はいません。だれかそのつくり方を受け継いでほしいと願っています。荒木さんからいただいた手紙もわたしの大事な宝物です。手紙は巻紙に筆で書かれています。はがきも毛筆で書かれており、いずれもすばらしい作品なのです。二〇〇八年三月、荒木さんは呼びかけ人代表となり、「阪南市九条の会」を立ち上げました。

川土居久子さんの手紙は、恋人からもらうような錯覚を覚えます。いつも便箋と封筒と切手が季節にマッチしています。封を切ってどんな便箋かなと楽しみです。ファックスやメールの時代になり、わたしも手紙を書かなくなり、手紙をもらうことも少なくなって寂しい限りですが、川土居さんの手紙はいつも待ち遠しいです。川土居さんの手紙の書き方からは、いろいろな事物を几帳面に残しておられる人柄を彷彿とさせます。かつて住んでおられた朝鮮の地図を見せてもらったのには驚きましたが、そうしたことも川土居さんならなのです。手紙のなかには、茶目っ気があちこちに見え隠れします。たとえば、講演会に行った話では、講師の名を記した空白部分に吹き出しがあり、「あんまりおもしろうなかった、眠たかった」という具合にです。講演会や勉強会などに積極的に参加されている姿にも頭が下がります。川土居さんの関心は、多方面にわたっていますが、それらの問題に対して、どのように考えたらいいのかを提起されます。そんな川土居さんの視点の基準は、「人権」です。わたしはおおいに学ぶことができます。晩ご飯を食べるときは、いっしょに飲める人で、その飲み方がわたしと似ています。まずは生ビール。どんな寒いときでもまずは「生中、二つ」と注文するのです。そしてワインへ。ときにわたしと同じほどの量を飲んで、「おいしかった」には驚きます。帰る道がまったく違うので、心配するのですが、いまのところ何もないのですから、お酒に強いのです。わたしも弱いほうではないのですが……。

母についてですが、母とは高校生までしかいっしょに生活をしなかったのです。わたしがいちばん厳しい目でみてきた女性です。それに親子ですから、なかなかいいことを書くことができません。それでも本文で書いたように、父が亡くなってから初めて「いい関係」がもてるようになったと思います。だから、今回の聞き取りをしようと思いましたし、母も受け入れてくれたと思います。聞き取りを始めるとき、母は食卓のいすにきちんと座り、「何を聞くのか知りませんが、さあ始めてください」といったのには驚きました。坊守として本音を出さないでいる術を身にしてきたことが、こんなかたちになるのだと思い、おかしくなりました。わたしたちをよく知る人が、年を取るにつれて、わたしに「母に似てくる」といいます。わたしもうすうすそれを感じているので、見た目が母のようになるのかと思うと、正直複雑な気持ちです。いつか介護の問題もおきるでしょう。父が亡くなる以前の親子関係だったら、きっと積極的にかかわろうとはしなかったと思いますが、いまの関係なら、できる限りのことはしたいと素直に思っています。

以上がどうしても書き足したいと思った四人のプロフィールです。こうした人柄やわたしとの関係が、わたしに聞き取りを促したと思います。もちろん、それ以前に研究者として母と同じ世代の女性たちがどのように生きてきたかという関心がありました。この度の最初の関心は「はじめに」も書きましたが、戦争で悲惨な目に遭っている人たちが、どうして保守体制に組み込まれていったのかということでした。なぜ戦争をしない『憲法』を大事に思わないのか。どうして過去の日本の戦争を美化する人が出るのか等々でした。右派の政治家や知識人をはじめ、右派に同調するマスコミ(結果として同調していることが多いと思いますが)、そして、その影響をまともに受けてしまっている学生の態度などがどうしても理解できなかったのです。

わたしの友人はほぼわたしと同じ考えです。だからでしょうか、「類は友を呼ぶ」の格言通り、わたしは右派の人とはなかなか友人になれません。そうしたなかで、わたしにとっては人生の大先輩ともいえる八〇歳以上の人たちと友人関係をつくれたのは、わたしの大切な財産です。そして、そうした実感が今回の聞き取りのもう一つの意味になったり、感じられたり、表現できているといいのにと思うのです。そしていまひとつ大事なことがあります。「わたしが聞いた」ことは、「わたしだけのものにしたい」という気持ちもありますが、それでは聞き取りに応じてくださった人、そしてもう一方のわたしの気持ちが許してくれません。戦争を体験された人の生の声をより多くの人に知ってもらいたい、考えてもらいたいと心底思うからです。

聞き取りが終わってから、原稿をどんなかたちで書いていこうかという問題が頭から離れず、テープをおこしながら、なかなか原稿にできないでいました。一言一句を聞き逃さないでパソコンに打ち込んでいきましたが、京都弁、大阪弁、そして母の出雲弁をひとつの文体に整えることは至難だと気づきました。それにパソコンの変換能力にも限界があります。文章にするとき、できるだけその雰囲気はと思いましたが。

また、エピソードを交えた話はついつい横にそれました。それがまたおもしろくて、延々とほかの話になったりもしました。それぞれの人生で何がおもしろいといって、人間関係ではないでしょうか。それも夫婦関係、親子関係、友人関係などが一番興味をそそられます。八〇年以上生きてきた人の人間関係は興味津々でした。ドラマのようにさまざまな人との出会いや別れがあります。原稿にならないのがとても残念ですが、わたしの隠し財産になりました。

聞き取りをしたなかでもっとも大きなテーマであるそれぞれの人の「分岐点」は、人間が生きていくということの意味を深く考えさせられるものでした。それは、人間のもてる価値観や思想がけっして先天的な環境や経験だけに基づくものではなく、時代社会のなかで生まれ、そのなかで考え、苦しみ、そしてわたしの存在そのものを輝かせる「他者」との出会いやともに生きることや別れという、そういう経験を通じて獲得されているということでした。その結果、戦争を経て反保守体制を自認する生き方を彼女たちは人生としてきたのですが、そうした生き方は、若い人がこれから生きていく上で大きな糧になると確信します。めまぐるしくさまざまな情報に取り囲まれたわたしたちの現在の生活のなかで、「過去の戦争」をどうみるかは、何かの「きっかけ」がないとなかなか立ち止まって考えることがかないません。それは、聞き取りをした人たちも同じです。それぞれの人生のなかの、ある「きっかけ」から、今日を迎えているのです。マイノリティになるのも辞さずに、です。それに対して、「勝ち組」

を幻想し、のほほんと生きたり、あるいは「きっかけ」をつくることができなかった人は、大きな流れである保守体制に組み込まれていってしまうことでしょう。それは、戦後六〇数年を経た日本社会の現実が示しています。そうしたなかで、保守体制に組み込まれず、『憲法』「改正」に反対し、戦争に反対し、平和を願い、そして行動するための「分岐点」をもつことができた人が、今回聞き取りをした人だったのです。たった四人の人の「分岐点」ですが、それはまた、本書の大きな目的だったのです。

現代、新たなナショナリズムの台頭が世界でおこっています。その一方で、経済をはじめとする格差がますます大きくなり、問題が指摘されながらも縮まる様相はありません。日本も例外ではなく、そうした格差をナショナリズムで隠そうとする不穏な動きも見逃せません。その前触れとして、二〇〇六年には『教育基本法』が改定されました。その前段階には、一九九九年の『周辺事態法』が制定され、「日の丸・君が代」が国旗国歌として法制化されました。そして、相次いで『盗聴法（通信傍受法）』、改正『住民基本台帳法』が制定され、「戦争ができる国」への足固めができあがっていきつつあります。また、靖国神社は、「国のために亡くなる」人を追悼する場として、これまで以上に強固になろうとしています。単なる追悼ではなく名誉の死と讃え、あとに続く兵士の士気を鼓舞するためでしょう。靖国神社に首相が参拝する意味もそこにあるのです。さらに、右派は天皇の参拝も声高に要請しているのです。

そして、そのための最終的ともいえる政治が『憲法』第九条の「改正」です。しかし、第九条は人類の平和に貢献するためにも「改正」されることがあってはならないと考えます。また、そうした状況であるからこそ、本書の戦争体験者の声を真摯に受け止め、ひとりでも多くの人に耳を傾けてほしいと思うのです。

最後に聞き取りをさせていただいた方たちに心からお礼を述べたいと思います。彼女たちが心を開いて応じてくださらなかったら、本書はできあがらなかったからです。ほんとうにありがとうございました。もっともっと長生きをしてくださって、わたしとのつながりをこれからも長く続くことを願っています。

あとがき

　戦前を「軍国少女」として生きたほとんどの女性が、戦後、戦争の「被害者」となり、戦後の五五年体制、高度経済成長を支え、さらに現代の格差社会に無頓着である……という評価は、彼女たちを侮辱する書き方でしょうか。しかし、同じ「軍国少女」だった女性のなかに、「被害者」という意識に陥らず、「軍国少女」を脱し、戦争の「加害者」であったことに目覚め、現代日本の重大な問題である『憲法』第九条の「改正」に反対し、また、女性差別をはじめ、あらゆる差別をなくしたいと闘っている女性がいます。わたしはそういう女性と知り合う機会に恵まれ、この本が生まれました。その三人は八〇歳を超え、わたしの母と同世代の女性たちです。

　戦後すぐに生まれたわたしにも、何らかのきっかけがなかったら、「戦争責任・戦後責任」の問題を共有することができなかったでしょう。それを可能にした「分岐点」

は、フェミニズムとの出会いでした。フェミニズムはわたしの人生を一変させました。時代社会の大勢に乗っかからないでマイノリティとして生きていく決心をさせてくれました。この本は、三人の女性と母から改めてわたしの「分岐点」を考えさせてくれました。

赤松まさえさんは、小学校教員を続けながら、子どもを通して教育のあるべき姿を模索するなかから「分岐点」に目覚めました。弱者の立場に置かれた知的障がい児・知的障がい者に寄り添うなかで、その「分岐点」をますます明確にされました。

荒木タミ子さんは、敗戦によって「だまされていた」と気づき、「お上」をあがめる〝国民〟に疑問を抱くことから「分岐点」が始まりました。その根底にあった精神は、キリスト教の信仰に培かわれ、一貫して女子労働問題にかかわることで、「分岐点」を確立されてきました。

川土居久子さんは、日本の植民地であった「朝鮮」で生まれ育ち、彼の地で出会った大切な人を戦争で亡くしたことが最初の「分岐点」でした。戦後は、教師として被差別部落の人たちとの出会いから部落差別の不条理を学び、さらに「朝鮮」と日本の問題、さらに女性学から「分岐点」を確立されました。

三人のすばらしい「分岐点」に対して、わたしの母は、浄土真宗の寺院生活のなかから靖国神社問題を考え、また娘であるわたしとの対話から「分岐点」を明確にしたように思います。

このように、「母」たちの世代の女性と母からの聞き取りからできたこの本には、今までにはなかった感慨があります。それはなんといっても、まず聞き取りをした「話」が中心にあることです。それは聞き取りをした人たちとの人間関係の深さを改めて実感できる体験でもありました。

当初、聞き取りに応じてくださった方は、聞き取りだけで終わると思われていたはずです。ところが、「草稿を読んで下さい」と頼み、出版社から校正のための初稿が届けられ、さらに、「話された内容に関係ある写真や資料を借してください」と、次から次へお願いをすることになりました。また、その間には、聞き取った内容がわかりにくいところをお訊ねするといったことが何度あったことでしょう。そのたびに快く応じてくださいました。写真・資料を探してもらったのは、一月二月という寒い時期でした。母は、「きちんと整理していないし、どこを探していいかわからない。あんたは横田の家がどのくらい寒いか知っているでしょう」といいながらも探してくれました。

四人の方の「分岐点」でしたが、実際の話を聞くことを通して、わたしの「分岐点」

の重みをさらに深めることができました。そして、この本を書き進めていくうちに、戦争を知らない、戦争の話を聞いたことがない、そうした若い人に、彼女らの生きてきた事実を知ってほしい、伝えたいと思いました。これまでもフェミニズム（ジェンダー）の問題を若い人に講義をしたり本に書いてきました。しかし、そのなかで実際に触れ得なかった戦争の問題を、聞き取りをしたことによってリアリティをもって伝えられることを実感しました。また、若い人のなかには、時代社会の大勢に流れやすく、何を軸足にして考えていいのかわからない人が多い気がします。そういう人にこの本を是非読んでほしいと思います。

時代状況は、ジェンダーの問題（バックラッシュ・ジェンダーバッシング）も含めて逆風の動きが強くなってきました。「平和」を願うということばが、しらじらしくなるような動きが大きなうねりとなって押し寄せています。自民党政権はもちろんのこと、たとえ民主党政権に代わろうとも、『憲法』第九条を「改正」する動きは変わろうとしない政治状況にあります。その動きを止めるには、マイノリティの力ではかなわないかもしれません。しかし、だからといって黙っているわけにはいきません。黙っていない人間存在を、この本は指し示していると思います。

一冊の本に仕上げていくことは、喜びであると同時にその言説に責任を負わなければなりません。しかし、今回は、聞き取りをさせてもらった方の生き方がこの本の責任をともに担ってくださっているように思えます。三人の方には改めてお礼を申し上げたいと思います。ほんとうにありがとうございました。また、最初は渋っていた母にも、素直に「ありがとう」といいたいです。

最後に、出版を引き受けてくださった三一書房社長の岡部清さんにお礼を述べたいと思います。聞き取りをさせていただいた方が高齢という事情から、「急いでほしい」というわたしの意向を快く引き受け、出版してくださいました。ほんとうにありがとうございました。

二〇〇八年四月

源　淳子

◉著者略歴
源　淳子（みなもと　じゅんこ）

1947年　島根県生まれ
現在　関西大学人権問題研究室委嘱研究員他大学非常勤講師。
著書　『仏教と性』（1996）、『フェミニズムが問う仏教』（1997）、
　　　『フェミニズムが問う王権と仏教』（1998　以上、三一書房）ほか。
編著　『「女人禁制」Q＆A』（解放出版社、2005）。
共著　『性差別する仏教』（法蔵館、1991）、『解体する仏教』（大東出版社、1994）、『フェミローグ 1-5』（玄文社、1991-1994）ほか。

「母」たちの戦争と平和

2008年6月9日　第一版第一刷発行

著　者　　源　淳子
発行者　　岡部　清
発行所　　株式会社　三一書房
〒154-0001　東京都世田谷区池尻2-37-7
電話03（5433）4231
FAX 03（5433）4728
振替　00190-3-84160
URL: http://www.san-ichi.co.jp/
装丁　臼井 弘志
DTP制作　工房 伽蓮
印刷・製本　株式会社　厚 徳 社

ISBN 978-4-380-08205-4 C0036

第一回「賞・地に舟をこげ」（在日女性文芸協会＝高英梨代表主催）
私には浅田先生がいた
康玲子（カン・ヨンジャ）＝著

四六判上製　定価（本体一二三八円＋税）

七〇年代、神戸。在日であることを隠しながらの高校生活。ある日、担任の先生から「なんで本名で学校に来てへんの？」と問いかけられる。先生は事故で右足を失い、松葉杖で教壇に立っていた。「谷山玲子」から康玲子へ、「本名宣言」の前後で揺れる著者が浅田先生との交流の中で過ごした多感な思春期の日々を振り返り綴った手記。（澤地久枝氏）

在日三代史
愛するとき奇跡は創られる
宋富子（ソン・プジャ）＝著

四六判並製　定価（本体一九〇〇円＋税）

民族差別を受ける中で出自を隠し続けてきた著者は、四児の母となり、やがてキリスト教と出会うことによって、「ありのままの自分を愛する」ことに目覚めてゆく。自らが立ち上がることによって、この社会の不条理をかえてゆくことができると訴え続ける感動の自分史。著者は現在、日本と朝鮮の歴史を知る博物館・高麗博物館名誉館長。

帰郷
満州建国大学
朝鮮人学徒　青春と戦争
前川惠司（まえかわ・けいじ）＝著

四六判上製　定価（本体二八〇〇円＋税）

「五族協和」「王道楽土」の満州国の「指導者育成」の輿望を担って建国大学に学んだ朝鮮人・呉昌禄（日本名・福田昌禄）。日本の植民地支配下、非抑圧者にして満州においては「抑圧者」。戦時下は日本帝国軍人（志願兵）として樺太（南サハリン）で戦い、戦後サハリンに取り残され、ソ連の監視下で苛酷な生を送った呉昌禄。望郷の念を胸に秘めながら、歴史に翻弄され、自己撞着に骨がらみとなったであろう、その半生を描く。著者は元朝日新聞ソウル特派員。